Hélène

LULU

LÉNA PAUL-LE GARREC

—

LULU

ROMAN

BUCHET • CHASTEL

ISBN : 978-2-283-03605-1

Sur les rives de la lointaine Atlantique, quelque part très à l'ouest, flottent à l'entrée de mon cabinet de curiosités trois verbes en lettres capitales : croire, creuser, rêver.

Il se raconte que, un jour de folie moderne, la sérendipité s'est invitée dans mes expériences interdites, menées la nuit en laboratoire, sur la pérennité et l'équilibre biologique de la chaîne alimentaire dans la biocénose des écosystèmes marins (oui, ça impressionne toujours un peu au début, mais n'ayez pas peur). Cette découverte serait fortuite, ce qui ne manque pas d'irriter la communauté des chercheurs aguerris.

Une espèce animale inédite révolutionne actuellement le monde scientifique.

Glorifié par les uns, étrillé par les autres, je me joue de cette rumeur. Les médias s'amusent de mes histoires fantasques et sans cesse réinventées, je suis l'érudit déjanté à la blouse jamais blanche, aux cheveux trop longs, à l'éloquence marginale, perché au milieu de ses tubes, pipettes et éprouvettes, dans cette perfection du désordre sur fond de musique rock. Les savants s'agacent de mes comparaisons avec Frankenstein et ils ont peut-être raison, elles amplifient le qu'en-dira-t-on.

Je suis le créateur du *Piscis detritivore.*

Poisson d'un nouveau genre. À la constitution robuste, de la taille et de la forme d'un dauphin, pourvu d'un incommensurable système digestif, il se nourrit exclusivement de détritus. Il nettoie les mers de la pollution humaine, il rétablit l'équilibre salutaire.

Vous comprendrez que j'en conserve le secret de fabrication.

Se répand le bruit d'un prix. Si j'en obtiens un (ce n'est en rien un but et je n'y crois pas, je suis bien trop jeune pour qu'un collège de sages experts, un aréopage me décerne quoi que ce soit, on ne peut toutefois s'empêcher d'y songer), je sais que mon discours sera romanesque. Lorsque le fil est trop long à remonter, autant le recréer.

Et pourtant, si le temps m'est accordé, je me hisserai sur la dune de mon existence et avec l'assurance d'un scaphandrier, j'exposerai à tous ma quête. Elle n'est pas la résultante d'une succession d'imprévus, elle prend ancrage dans les fatras de mon enfance, dans les tréfonds de ma consolation.

Venez, je vais vous la raconter.

1.

La première fois, c'est en hiver.

La pluie sur les lunettes, le vent sur les pommettes, sur les morceaux de joues qui dépassent de la capuche trop serrée, le lien qui m'étrangle le cou. Maman tire toujours de toutes ses forces, de crainte que le froid ne se faufile dans mon corps.

Les rafales giflent mon visage, la pluie tape si fort qu'on dirait de la grêle. Un son sombre, une plainte lugubre, quasi humaine, inonde mes oreilles.

Je ne sais plus quel est mon âge. Petit. Mes bottes excessivement grandes. Elles me semblent lourdes, immenses. Avec elles, j'ai peur de tomber, que la houle y pénètre et tente de m'enlever.

Ce moment-là, dans le froid de l'hiver, dans l'agitation de l'hiver, lutter contre le vent pour avancer, respirer péniblement tant l'étourdissant tourbillon de l'air s'engouffre dans ma bouche, dans mes narines tout entières. En apnée. Je ne vois rien, je n'arrive pas à marcher. Il faut plier les genoux, courber le corps pour ne pas vaciller. Même les rares mouettes ne parviennent pas à voler, elles bataillent pour ne pas chuter.

La mer, au loin. Elle me semble à l'autre bout du monde. Je perçois à peine ses vagues, devine son écume. Ça sent le sel, il pénètre dans mes sinus. Je sens que mon nez va couler. Je me retiens, tourne la tête pour renifler. Maman n'aime pas quand je renifle, maman n'aime pas quand mon nez coule.

Le ciel triste, bas, empli de cendres, l'absence de soleil, l'horizon bouché. Tout cela est ce que je vois de plus vaste, de plus lumineux.

Ce moment-là est magique. Le premier instant de liberté inscrit dans la porosité de ma jeunesse.

Je me souviens de tout. Chaque recoin de sable, chaque bout de rocher, chaque aile d'oiseau.

On ne se souvient pas toujours de ses premières fois, elles ne marquent pas toutes. Les premières fois ne sont pas toujours les meilleures, elles peuvent aussi être les pires, les plus fades, les plus médiocres. Ce dont on se souvient, c'est de la première intensité, de la première fois où submerge l'émoi. Nos sens envahissent notre mémoire, la travestissent.

Cette première fois là n'est pas la meilleure. La plage va me réserver bien d'autres moments de joie.

Ce qui compte ce n'est pas la première fois. Ce sont les suivantes, bien plus tard, après, lorsque arrive l'habitude. C'est l'émotion qui surgit alors qui est la plus belle, la plus pure, la plus réelle. En dehors des artifices de la passion.

Ça commence comme ça. L'hiver, sur la plage.

Ça ne peut pas commencer autrement.

2.

J'ai toujours eu envie d'en changer. Par moments, je m'imagine avec un autre.

Je n'aime pas mon prénom. Je ne l'ai jamais aimé, comme tous sans doute. Les parents veulent un prénom original, les enfants un prénom banal. On souffre souvent de ne pas être tout le monde, de ne pas être passe-partout, se fondre dans la masse. Surtout ne pas se faire remarquer. Nathan, Jules, Lucas, Louis, Léo, Hugo, Enzo…

En latin, il signifie « lumière ». Un comble, je l'ai si peu vue. Maman dit que justement, je la porte en moi, pas besoin de tant la regarder.

C'est en hommage qu'elle l'a choisi. À cause de Serge Gainsbourg. Étrange admiration, il fume et maman n'aime pas les gens qui fument, il est négligé et maman n'aime que la propreté. Incohérence de l'adulation artistique qui ébranle les certitudes, qui décale les images, celle que l'on renvoie, celle que l'on est, au fond.

En boucle, elle écoute ses vinyles sur Elipson, la vieille platine qui régulièrement dérape. Parfois elle danse, seule, sur le tapis du salon, et chante les amours mortes. Elle connaît tous les titres par cœur. Et puis, elle pleure. Alors je ne l'aime pas ce Lucien qui fait sangloter maman. Moi non plus.

Pour me consoler elle va chercher, tout en haut de l'étagère, le grand livre des prénoms. Elle l'ouvre à l'endroit du marque-page, une ficelle rouge effilochée. Elle y a légèrement souligné, à peine effleuré, au crayon à papier, la rubrique caractère. Elle chausse ses lunettes et lit à haute voix :

« Imagination fertile. Les sentiers battus et les vérités données ne sont pas faits pour lui. Il sera constamment à la recherche de renouveau et d'émerveillement. »

Elle referme lentement l'ouvrage comme si une absolue vérité prophétique venait d'être prononcée.

Je me demande souvent d'où provient le déterminisme des prénoms. Comment tant de gens peuvent avoir le même caractère.

À la naissance, reçoit-on une petite liste d'attentes sociales avec lesquelles il faudra être en cohérence ? Que se passe-t-il si on refuse de tendre vers le stéréotype de référence ?

Nous ne sommes pas neutres. Nous sommes le choix de nos parents, nous sommes les héritiers, d'une originalité, d'une désuétude, d'un classicisme. C'est de ce fatalisme qu'il faudra se construire une singularité.

Au-delà d'une nature, influence-t-il nos traits ? Soi-disant, notre état civil se traduirait sur notre visage. Nous en prendrions l'apparence. Il paraît qu'à partir d'une simple photo les ordinateurs sont capables de dire comment on s'appelle. Notre prénom nous façonne, nous sculpte, nous sommes taillés dans ces quelques lettres. Nous affichons sans le savoir notre classe, notre appartenance, à un contexte, un lieu, une époque.

À la maison, il n'y a pas de miroir. Même pas dans la salle de bains.

La première fois que j'en vois un, c'est à l'école. Au-dessus du lavabo des toilettes, il parcourt le mur tout entier, recouvre les petits carreaux de mosaïque. Les enfants aiment s'y regarder, ils y déforment leur visage, font des grimaces. Ils rient, gloussent. Je n'y arrive pas, je ne parviens pas à bouger le masque collé à ma peau. Poupée de cire figée par le sel de la vie.

J'ai découvert mon aspect à travers les fenêtres de la maison. Parfois, lorsque arrive la nuit, je retarde le moment où maman vient fermer les volets. Je n'ai pas le droit de les rabattre seul, trop dangereux, la balustrade branlante en fer forgé, trop dangereux. J'invente des ruses. Rien que pour pouvoir me voir, furtivement, quelques secondes, deviner mon visage flou sur le noir de la nuit des vitres.

Serais-je comme Gainsbourg ? Aurais-je son nez, ses oreilles, ses yeux ? J'effleure les pochettes des vinyles, je caresse ma propre peau. J'ai peur d'être laid.

Plus tard, je dirai que mon prénom honore la littérature. Tout de suite ça impressionne. J'aime, aujourd'hui encore, observer cet infime moment où les yeux de l'interlocuteur cherchent, où ils balaient dans leur cerveau en quête d'une réponse. Peu savent, beaucoup changent de bottes, mettent le sujet sur la touche.

Alors, quand j'entends sur les lèvres répliquer Stendhal ou Balzac naît une immédiate tendresse, une particulière complicité.

3.

À voir maman noyée de larmes qui m'enserre outrageusement, je crois que l'école est une épreuve, une torture. Au début. Ça ne dure pas, très vite, je chéris l'école. Sur le chemin sinueux où nous marchons chaque matin, main dans la main, je n'ose le montrer à maman, je crains qu'elle ne soit déçue.

L'école est mon échappatoire, le lieu de toutes les parenthèses. J'apprends. Je happe chaque mot prononcé par la maîtresse, je m'immerge d'informations, entendues, lues. Je m'enlivre. Je pénètre pleinement chaque page de toutes mes petites cellules grises.

Lorsque je lève la tête, c'est pour étudier. Les autres. Je regarde les enfants, ils me semblent étranges. Je les vois telles des bestioles singulières. Ils ont un mode de fonctionnement qui paraît inné, de l'ordre de l'inconscient collectif. Ils vivent ensemble sans connaître les règles, tous les maîtrisent spontanément. Je les étudie de la même manière que j'analyserai plus tard les coquillages, avec précision. Je les contemple, de loin, avec recul. Là est la différence.

Je me demande s'il ne faudrait pas tenter de leur ressembler, entrer dans leur monde. Seul, je suis bien. Parfois, l'idée d'avoir un copain me parcourt discrètement l'esprit. J'ai tant de secrets, les expliquer serait long, compliqué, et surtout, pas sûr que ça plairait à maman.

Ce que je préfère, à la récréation, ce moment qui sonne la délivrance pour les élèves, c'est les observer, surtout faire du sport. S'agiter comme si leur vie en dépendait, prononcer fort de drôles de mots impudiques, se démener à en avoir les cheveux collés au front par la moiteur de l'effort. Et lorsqu'ils ne jouent pas, ils en parlent, racontent des histoires de professionnels qui manient si bien la balle qu'ils ont de fières allures de héros grecs. J'aimerais bien, moi aussi, ressembler à ces champions de stade. J'aimerais bien essayer sur le bitume de la cour. Je ne sais pas si mon corps en a la force. Maman a peur que je me fasse mal, que je me casse quelque chose. Alors, j'essaie caché dans ma chambre. Une peluche, un coussin, deviennent des ballons, mon lit et mon bureau sont les buts de ce terrain fictif. Je jongle au ralenti, mimant un effet spécial de cinéma, je décompose chaque mouvement, sans faire de bruit, sans faire perler la moindre goutte de sueur. Je n'ai jamais l'audace d'accélérer la cadence.

Je suis cet enfant aux poches de jean usées à force d'être assis seul, sur les marches, dans un coin du préau. En classe aussi je suis physiquement seul, je dis physiquement parce que je me sens comme un poisson dans l'océan, dans mon élément. Je ne suis pas seul, je suis accompagné par la connaissance, je joue avec elle. Il m'arrive de me tromper, volontairement, j'ai néanmoins très bien compris la consigne. Une gommette mal positionnée, une couleur à la place de l'autre, puis progressivement, un mot incorrect, une définition erronée, une réponse incomplète. Se fondre dans la masse. Surtout ne pas se faire remarquer.

Cela laisse à maman l'occasion de me consoler. Et elle aime ça. Je ne peux pas être parfait, ça la blesserait. Je me dois de lui renvoyer les faiblesses qu'elle imagine.

Souvent, la maîtresse veut la rencontrer. Je dis la maîtresse, parce que le hasard veut que je n'aie pas de maître, le hasard ou les statistiques. Je dis la maîtresse, mais il y en a eu plusieurs, la maîtresse qui les englobe toutes. Elle veut parler avec maman, un rendez-vous aux allures de séance des pourquoi : pourquoi je suis seul, pourquoi je ne parle pas, pourquoi je ne joue pas, je ne cours pas. Je ne comprends pas ces questions de soi-disant grandes personnes. Et pourtant, dans ma tête, c'est en permanence que défilent les interrogations.

Je ne rentre dans aucune case. Parfois elle se demande même si j'en ai une en moins, ou peut-être une en trop (est-ce si important le nombre de cases ?).

Toujours maman s'agace, elle ne parle plus, elle hurle :

« Vous ne comprenez rien à rien ! Qui êtes-vous pour considérer mon fils comme un sauvage ! Et cessez avec vos histoires de psys, c'est bon pour les frappadingues comme vous ! »

Et tous les ans, ça recommence. Toujours. Ce n'est pas grave, un mauvais moment de tempête à passer la tête basse. Après je reprends le rôle du fils fragile, je joue le jeu de l'élève à part. Chacun regagne sa place et les ormeaux sont bien gardés.

4.

Ce jour-là, des châteaux ont poussé comme après la pluie les champignons, des forteresses de sable laissées par des enfants. Mes yeux ne savent plus où donner de la tête, ils cabriolent aux quatre coins, ils vont de tourelle en donjon, de rempart en pont-levis.

Ces édifices abandonnés, incomplets, érodés par les pas et les vagues sont l'occasion de m'inventer des histoires, des voyages dans une lointaine Espagne. Je suis tour à tour conquistador, écuyer, serf ou seigneur.

Mes préférés, ceux ornés par mer nature, surtout ceux parés de coquillages. Il y en a de toutes les formes, de toutes les couleurs, j'aime cette attention apportée aux détails. J'imagine le temps passé à ramasser ces coquilles perdues, bouts de bois flotté, plumes délavées. Ce soin un peu vain, un peu fou pour une éphémère construction. Le fantôme du Facteur Cheval planait au-dessus de chacun de ces palais de passage.

À pas feutrés, soulevant la pointe des pieds, j'ose m'approcher. Je les effleure doucement, je glisse une main en haut des ponts jusqu'au sommet des tours, j'en faufile une autre sous les tunnels, touche les courbes de sable, le sens devenir de plus en plus humide, de plus en plus épais. Entre mes doigts menus ruissellent les grains de plusieurs existences, de siècles de vie.

Ce jour-là, je décide de rapporter un petit coquillage, en souvenir de ce doux moment de rêverie. Je le glisse, discrètement, au fond de ma poche, sans que maman regarde. Surtout ne pas se faire remarquer. Je sais qu'il ne faut pas lui demander, elle dirait non. Elle n'aime pas l'inutile (notion toute relative).

Minuscule, anodin, cet acte va en entraîner tant d'autres, mon effet papillon. Si nous savions, si nous avions le pouvoir de savoir qu'un geste dérisoire répercuterait son écho sur l'ensemble de notre sablier, le ferions-nous ? On se focalise toujours sur les grandes décisions. Finalement, ce sont les petites, irréfléchies, qui bouleversent nos vies.

Sur le chemin du retour, ma main droite ne quitte pas le fond de ma poche. Je caresse le coquillage, frôlant ses contours, lisses, veloutés. À peine arrivé à la maison, je le lave avec soin, ôte le sable à l'intérieur. Et l'odeur de la mer disparaît.

Je dois le cacher. Il faut un endroit sûr. Maman fait le ménage méticuleusement et rien n'échappe à sa traque de poussière, l'abri doit être impénétrable. Allongé sur le lit, j'observe un long moment la pièce avant de trouver la bonne idée : la tringle. Maman ne lave les rideaux qu'une fois par mois, cela me laisse un peu de temps avant qu'elle ne la manipule. Encore faut-il l'atteindre. En silence, attendre que maman écoute un vinyle, attendre qu'elle monte le son, hisser la chaise sur le bureau, escalader. En équilibre, je deviens artiste de cirque, la barre entre les mains, je suis funambule. Je suis Chaplin, sans redingote, haut-de-forme ni violons, avec les rires et les larmes ensevelis. Je suis Chaplin (à moins que je ne sois le singe).

Le lendemain, ma hâte intérieure est bien plus vive que d'habitude. J'aimerais presser le pas, slalomer sur le chemin sinueux qui mène à l'école, avancer l'heure de l'appel, accélérer les exercices. Lorsque l'on a terminé une activité, correctement terminé, la maîtresse accepte que l'on prenne un livre. Autant dire que je ne m'attarde pas à incarner les ignares, je n'ai qu'une envie, me précipiter vers la bibliothèque.

Avec sa reliure bleue, je l'ai déjà repéré sur les étagères, celui sur les petites créatures marines, c'est l'un des plus lourds, illustré de dessins à l'aquarelle. À l'intérieur, les noms chantonnent, il y en a des pratiques : couteau, coque, moule, peigne ; des amusants : pouce-pied, clam, bernique, oursin ; des gourmands : amande de mer, berlingot, grain de café ; et des poétiques : cigale de mer, anémone, porcelaine, vénus, astérie…

Je cherche le mien, mon petit trésor caché. Les yeux ancrés sur les dessins, j'examine chaque détail avec application.

Si la cloche n'avait pas retenti, je crois que je serais toujours le nez plongé dans ces pages.

Dès lors, je n'ai qu'une obsession, retourner à la plage. Y ramasser d'autres coquillages, il me faut un exemplaire de chaque illustration de l'ouvrage. Mon premier défi.

5.

Je ne sais pas quand ça démarre. Je crois que ç'a toujours été comme ça. Même avant ma naissance. Cette langue collée, plaquée. Dès que le bout de ma langue doit quitter sa position, ça m'angoisse. Elle m'oblige à me taire. À parler dans ma tête. En silence.

Je regarde la bouche des autres. Je suis fasciné par cette partie du visage. Les lèvres qui ondulent aux sons des mots. Les fines, les pulpeuses, les grandes, de grenouille, charnues et pleines de dents. J'aimerais pouvoir m'approcher, tout près, entrer à l'intérieur de leur cavité, examiner leur langue, comprendre comment elles remuent, observer leurs papilles.

Je n'arrive pas à ouvrir la mienne, ma mâchoire est enchaînée, je fais pourtant des efforts. Je profite de chaque occasion devant le grand miroir du lavabo des toilettes de l'école pour m'entraîner. À force de répéter, je trouve le moyen de produire un petit son. Je fais bouger ma langue en haut du palais, je la colle fort et ça crée un bruit bref qui ressemble à une mélodie. C'est ma petite musique à moi, ma clochette. À l'école, les élèves me reconnaissent à mon air. Je suis celui qui chante dans sa bouche.

Toc-toc, comme pour ouvrir une porte.

J'ai d'autres rituels. Faire les choses dans l'ordre, dans le même ordre. Toujours. Tout le temps, tous les ans. Ce n'est pas que cela me rassure, c'est que j'ai la certitude que le désordre ébranle le monde, et l'âge n'atténuera que peu cette conviction. Si je ne reproduis pas les mêmes gestes, telle une machinerie bien graissée, ma vie déraillera dans un vaste chaos, et celle de maman aussi.

Mes journées sont composées de rites superstitieux. À table, boire une gorgée d'eau entre deux bouchées, dans la salle de bains, se laver les oreilles juste après les dents, sur le chemin du jardin, sauter par-dessus les pierres de droite, en classe, tailler le crayon noir en premier.

L'habitude, la seule, qui m'accompagne aujourd'hui encore, dès que monte le doute, c'est de toucher la doublure à l'intérieur de ma veste.

6.

Maman me protège de tout, même de son amour.

Lorsque je vais à la mer, je me sens indépendant, je me sens grand. Plus grand que ma taille, plus grand que mon âge, plus grand que tous les enfants de l'école. Maman n'a pas peur lorsque je me retrouve seul à la plage. C'est l'unique lieu où elle parvient à détacher son regard, à se désaimanter de moi. La ville est paraît-il le pire des dangers : la population, l'agitation, la circulation, tout n'y est que fureur et frénésie. C'est pour cela que je n'y mets jamais les pieds.

Ici, je suis affranchi. Pareil aux mouettes survolant ce vaste terrain de jeu aux impalpables frontières. Suis-je libre de tout, de ramasser d'autres coquillages par exemple ? Je préfère ne pas poser la question, ni à maman ni à moi-même. Je dois le faire. Tout m'y pousse.

J'attends qu'elle se mette à marcher.

« Marcher dans l'océan est le meilleur des médicaments ! » répète-t-elle sans cesse.

Soit elle chemine en haut des dunes, soit elle longe le bord de la mer, relevant le bas de son pantalon le plus haut possible. Et parfois les deux, les dunes et le bord de la mer, souvent en fermant les yeux.

Alors, je me lance de toute ma chair dans ce défi, collecter l'ensemble des coquillages du grand livre illustré de dessins à l'aquarelle. Tous, sans exception. Il faut arpenter la plage, chercher au milieu de la foule de sable. Cette quête est un moment d'exaltation. Réelle.

Chaque fois que je suis sur la plage, je me sens vivant, pleinement vivant.

Je suis très rapidement confronté à un problème d'ordre pratique : je n'ai pas anticipé le volume, la place que représenterait ma récolte. Il faut revenir, équipé cette fois. L'idéal serait un panier de pêcheur, avec lui le sable s'évacuerait peu à peu, d'autant qu'il y en a un à la cave, j'en suis sûr. Impossible. Maman le remarquerait et je n'ai nulle envie d'être soumis à un interrogatoire, les séances de pourquoi je les supporte déjà assez à l'école. Un sac à dos est la solution, je peux prétexter y glisser un gilet (maman est sensible à ce genre d'argument), une fourchette, il faut aussi prévoir une fourchette, pour grattouiller au pied des rochers.

Je pourrais être déçu de rentrer bredouille, ou presque. Je me rends compte que la tâche sera plus difficile que prévu. Convaincre maman de revenir plus souvent à la mer n'est étonnamment pas la partie la plus ardue. Bien qu'il me faille jouer les Shéhérazade, inventer mille et une histoires pour changer régulièrement de lieu, tous les coquillages ne se trouvant pas dans le même palais.

Je ne compte pas le temps que cela prend. Il y en a des matins, des petits matins, des fins de journée à la couleur des chiens-loups, des débuts de soir pas encore noirs, pour réussir à assembler toute la collection. Je le connais désormais par cœur, le grand livre illustré de dessins à l'aquarelle, à force d'y engloutir les heures. Avec patience et constance, j'y arrive.

Je suis rempli de joie, j'ai envie de sourire dans mon cerveau. Je crois que ce que je ressens se rapproche de ce sentiment dépeint par les enfants dans la cour, ces héros de la balle. Je crois que c'est ce que l'on nomme la fierté. Pourtant, ce dont j'ai envie, ce n'est pas de bomber le torse ni d'une vague de ola, j'ai envie de partager mon plaisir. Une impulsion, partager, apporter mon trésor en classe.

Avant que ne commence la maîtresse, avant qu'elle n'écrive la date du jour au tableau, je me dirige vers elle. Sans croiser son regard, je dépose ma boîte sur son bureau (parce que je ne peux pas venir à l'école avec ma tringle à rideaux). J'ai récupéré un emballage dans la poubelle jaune. Bien entendu, j'ai pris soin d'empaqueter minutieusement chaque coquillage dans un petit morceau de ces papiers très fins que l'on utilise pour les jolis cadeaux.

Je fixe sa bouche. Elle a un petit rictus. Je ne sais pas s'il masque sa gêne, son embarras. Elle ne semble pas pour autant déstabilisée. Elle a bien remarqué les heures passées à étudier le livre, le même livre. Monomaniaque. Elle décide de me laisser faire, me confie la classe :

« Montre-nous si tu veux ! »

Un à un, je les sors de leur emballage, en me concentrant sur mon toc-toc pour ne pas trembler. En les dévoilant, c'est moi qui ai l'impression de me retrouver nu, nu comme un ver au centre d'une arène de rapaces.

Une certaine agitation commence à monter dans la salle. Ce n'est pas le jour des exposés, on devrait faire une dictée de mots. On aurait dû (cela arrange tout le monde). Je les entends, les murmures et les chuchotements. Ce ne sont, pour eux, que de simples coquillages, des coquillages parmi tant d'autres, comme on en trouve tellement par ici. Banalité du butin. Je perçois les rires en coin (en plus, une activité pour fillettes). L'estrade ne suffit pas à l'étalage, j'empiète sur un bureau, puis deux, puis trois. Le brouhaha s'intensifie.

La maîtresse va chercher le grand livre illustré de dessins à l'aquarelle qu'elle place sur le grand chevalet. Une élève remarque que les coquillages sont classés dans l'ordre, dans le même ordre que le livre. Je connais la disposition par cœur. Le bruit change de sens. Je ne sais si c'est de l'émerveillement, une chose est sûre, ils sont médusés. Peut-être par mon grain de folie.

Une fois que j'ai terminé, la maîtresse les invite à s'approcher. Les enfants se mettent à toucher de leurs doigts potelés mes trésors. J'ai peur, peur qu'ils les salissent, les abîment, les cassent. Mon toc-toc s'accélère. La maîtresse pose sa main sur mon épaule, ce geste ne me rassure pas. Mais j'y saisis le signe de son respect. Est-ce parce que, pour la première fois, je suis mis en avant, ou parce que je viens de prononcer publiquement mon premier mot, mer.

Je pourrais, ce jour-là, rentrer à la maison, empli de la joie de cette journée d'école extraordinaire, je pourrais. Ce n'est pas ce qui arrive. Ce que je n'ai pas anticipé, c'est que la maîtresse, heureuse de ce progrès, de ce miracle, ne peut s'empêcher d'en parler à maman. Pour me féliciter.

Je le sais qu'il faut rester discret. Se fondre dans la masse. Surtout ne pas se faire remarquer. Au lieu de cela, c'est un drame qui se produit.

C'est la première fois que je déçois maman. Je lui fais des cachotteries. Elle n'aime pas ça, l'absence de franchise, sa voix résonne dans les couloirs déserts. J'ai la trouille. Je devine la boule au ventre de la maîtresse, elle qui a pourtant l'habitude de voir maman dans un tel état de colère rouge. Son énervement vient gâcher la fête, au lieu d'être félicité, je suis ce jour-là grondé.

Après quelques bouderies, elle conclut que j'entre dans ma période de préadolescence. Est-ce sa maladroite façon de me dire qu'elle me pardonne ? Puisque je suis, selon elle, précoce, il n'y a pas de raison pour que je ne sois pas non plus très en avance dans ce domaine-là.

Elle doit se faire une raison, son fils chéri grandit.

7.

Maman désire que je porte une veste. C'est ainsi depuis mon plus jeune âge. Dans ma mémoire fantasmée, je m'imagine marchant à quatre pattes, vêtu d'une grenouillère en velours et arborant déjà un blazer en flanelle. Tout petit, je dois avoir cette apparence à la Benjamin Button, non pas vieux, mais hors du temps, à rebours.

Une veste impose le respect, dit maman. S'empressant d'ajouter que cela me crée aussi une carrure dont je suis dépourvu. J'y vois une armure, un rempart contre le monde qu'elle me dépeint de façon si sombre.

Maman a pour coutume de consacrer des heures à chaque nouvelle veste avant que je puisse la revêtir. Elle s'installe dans la cuisine, précisément sous le lustre, change la nappe, ouvre grand sa boîte débordante de merceries colorées. Elle sort un à un les accessoires dont elle a besoin. Elle ourle l'étiquette brodée de mon nom, bleu sur fond blanc, à la typographie de machine à écrire, sur celle de la marque, recouvrant ainsi ses origines, avant de se lancer dans une opération quasi chirurgicale. Avec grand soin, elle découd l'ancienne doublure pour y installer de minces épaulettes. Je n'ai pas le droit d'assister à la suite de l'intervention. Je sais simplement qu'elle place, à l'intérieur, sous la poche, un porte-bonheur.

Elle procède de même à chaque nouvelle veste. Faisant voyager mon totem d'étoffe en étoffe. Je n'ai bien entendu pas le droit de savoir. Maman m'a interdit de regarder. Si tu farfouilles, ton ange gardien s'envolera. Pour qu'il porte réellement bonheur, il m'est proscrit de le voir. Regarder aurait signifié découdre, cette mise en garde est superflue, jamais cette idée ne me parcourrait l'esprit. Défaire un travail accompli par maman serait irrespectueux.

Parfois, je tente ma chance. Je lui demande à quel moment, à quel âge je serais en mesure de connaître le contenu de la doublure.

« Il s'agit de ton trésor personnel, plus le secret dure, plus le trésor grandit ! »

Insister serait vain, alors je spécule. Logiquement, compte-tenu de sa faible épaisseur, il ne peut s'agir que d'un papier : peut-être une lettre ou une photo. Les hypothèses les plus saugrenues foisonnent en moi : un cliché de maman enlacée par Serge Gainsbourg, une lettre de Poséidon, un plan de pirate indiquant une cachette secrète...

Aujourd'hui encore, dès que le doute me submerge, je cherche un soutien à l'intérieur de ma veste. Je l'effleure avec l'intime espoir qu'un génie apparaisse.

8.

Ma collection de coquillages terminée pourrait marquer la fin de mes envies. Tout au contraire, elle les démultiplie.

Mon monde compte trois lieux : la maison, l'école, la plage. Déserte la plage, nécessairement déserte.

Les heures passées à récolter les coquillages m'ont donné l'occasion de prendre conscience que la plage abandonne des cadeaux divins, des offrandes, des offrandes de la mer. Dans un coin de l'esprit trotte l'image de la découverte des premiers châteaux de sable. Il semble évident que les plumes et le bois flotté deviendront mon nouveau défi. Je veux mener de front deux collections. Dans l'autre sens cette fois, ramasser d'abord, puis chercher, la nature du bois ou l'espèce d'oiseaux. Ce nouveau challenge ouvre le champ des possibles, il élargit les espaces de mon horizon.

Bien entendu, il faut en parler à maman (surtout, ne pas réitérer la crise). C'est aussi cela grandir, savoir devancer les choses.

Je dois tout anticiper. Trouver une solution pour ranger les objets : récupérer les boîtes en carton alimentaire, les peindre, de couleurs différentes, le classement sera plus aisé. Chercher des arguments pour négocier auprès de maman. Attendre un jour où elle porte une robe et un sourire, guetter le bon moment pour les lui exposer.

« Maman, tu sais dans la vie, il faut un centre d'intérêt, c'est important, et le mien est bien meilleur que les loisirs imprudents des autres enfants, en plus, il est bon pour ma santé puisque je respire l'air marin qui nettoie le corps de l'intérieur. »

Mes arguments font mouche. J'ai même pensé à lui faire part de la question du nettoyage. Parce que je ne veux surtout pas attraper une infection, les bactéries ou les virus se nichent partout.

Dès lors, la plage devient mon centre aéré. J'ai même le droit d'emporter le panier de pêcheur en osier de la cave.

Je passe des heures et des heures à ramasser, laver, sécher, trier, classer, étiqueter, comparer.

J'ai une connaissance microscopique de chaque bout de côte de la région. Cette activité m'accapare, m'obsède. J'en rêve aussi la nuit.

Il est si réjouissant d'apprendre d'un nouvel univers. La bibliothèque de l'école ne suffit plus. Il y a bien un livre sur les oiseaux, mais rien sur le bois flotté. Pour une fois, c'est maman qui demande à parler à la maîtresse. Sans heurts ni cris.

Moi qui veux me fondre dans la masse, ne pas me faire remarquer, c'est peine perdue. Elle accepte que j'emploie mes moments libres à faire des recherches sur le net. Parce que nous n'avons pas d'ordinateur à la maison.

« Big Brother doit rester à la porte de chez nous ! » répète sans cesse maman, l'index rancunier érigé vers le plafond.

Je ne comprends pas bien qui est ce grand frère qui n'a pas le droit d'entrer. Je me dis que si ça se trouve je ne suis pas fils unique, j'ai un frère qui a commis une bêtise monstrueuse, il est puni, banni à tout jamais de la maison, il a disparu dans l'autre monde de la ville. Cela m'incite à me tenir sage, à suivre les carreaux, les lignes et tout ce qui file droit. N'empêche que si j'avais un grand frère, il pourrait me protéger et ma vie serait plus simple. Je la vois bien, la différence, dans la cour, entre les enfants qui ont des aînés et moi.

Ce temps accordé par la maîtresse sur l'ordinateur déborde rapidement des activités terminées, il rogne sur la récréation, puis sur la cantine.

À cette période, je m'abreuve de curiosités. Je m'invente ornithologue, spécialiste ès bois flotté.

Et c'est plus que cela, bien plus. Je suis un oiseau. Je n'ai plus peur, ni de parler ni d'être laid. Je suis ce volatile léger qui plane au-dessus des vagues. Tour à tour goéland, cormoran, mouette, fou de Bassan. Au plus profond de l'épiderme, je ressens ma mue, contemplant mon plumage, sa couleur, son dessin. Que vais-je perdre ? Les rémiges de mes ailes ? Les rectrices de ma queue ? Bien sûr, je connais toute la palette des espèces, sans exception.

Je me souviens avoir lu une fascinante histoire nordique. Selon cette mythologie, les dieux auraient créé les premiers êtres humains à partir de deux morceaux de bois flotté. Je voyage, dans le temps, dans l'espace. Mon esprit est d'une infinie liberté. Je navigue du fond des mers aux sommets du ciel.

Il me suffit de toucher un de ces bouts de bois pour m'imaginer avoir été trimballé par les vents, malmené par les courants salés, drossé par les marées. Je suis lui, mon corps tout entier frémit. Combien de temps ai-je séjourné dans l'océan ? Des mois, des années. Assez rapidement je parviens à déterminer cette durée, je peux estimer mon passage dans l'eau. Qui étais-je avant ? Un arbre arraché par le vent, une charpente détruite par la tempête, un reste d'épave de bateau, un objet tombé d'un cargo… Ai-je servi de nourriture aux poissons ou d'abri aux oiseaux ?

La maîtresse propose de me confier un des panneaux, au fond de la classe. Je peux y accrocher l'avancée de mes recherches. J'hésite avant d'accepter. Est-ce un moyen de se débarrasser de moi, de me mettre à l'écart ? Ce sont les doublons qui me décident. Malgré toute ma rigueur, j'ai des plumes identiques. Je ne peux, ne veux les conserver. Pour le bois flotté, il est plus compliqué de déterminer ce que je préserve ou non. Le fond de la classe devient une sorte d'annexe. Parfois, certains élèves vont abîmer de leur regard mon petit laboratoire. Non, il ne s'agit pas que de bouts de bois en décomposition ou de duvet à caresser. Parfois, certains élèves viennent me trouver, directement, avant la classe, pour savoir ce que j'ai dans mon cartable. Preuve que la curiosité peut devenir contagieuse.

9.

Je suis submergé d'informations : les coquillages, les plumes d'oiseaux, les bois flottés. Ma tête commence à être aussi envahie que ma chambre. À force de tout mémoriser, je me demande si mon cerveau n'est pas allé se réfugier dans mon cœur.

Je sens qu'il faut gagner en efficacité. Certes, mes connaissances sont déjà précises mais je dois approfondir plus encore, aller plus loin dans les détails.

Il me faut un carnet. Un petit carnet que je pourrais glisser dans ma poche afin de consigner la date, l'heure, le lieu, le contenu des trouvailles.

Mercredi 25 / 8 h 30 / plage des estrans / 8 plumes / 3 bois flottés.

Très vite, j'y ajoute la couleur, la couleur du ciel et de la mer. Il serait une erreur de penser qu'elle est toujours la même. Les nuances de bleu, de gris, de vert sont d'une infinie délicatesse à qui prend la peine de laisser vagabonder un peu son regard.

Samedi 28 / 9 h 15 / anse du récif / ciel bleu en colère / mer gris huître / 5 plumes / 2 bois flottés.

Plus les semaines avancent, plus je deviens rigoureux, ajoutant moults détails. Je note la météo, l'endroit précis sur la plage où se trouve chaque découverte, je mesure tout, au millimètre près. La précision devient une préoccupation scientifique. Je veux tout consigner, tout inventorier, sans rien omettre. L'exhaustivité est mon obsession.

Mercredi 2 / 8 h 45 / plage de la girouette / ciel gris souris / mer bleu pigeon / pluie froide, vent de nord-ouest / 1 coquille inconnue près du rocher pointu / 1 plume rayée de 405 mm à côté des rochers en forme de crabe, rectrice de 127 mm / 1 plume de 602 mm bicolore noir et blanc, rectrice de 214 mm / 1 bois flotté de type branche d'arbre en haut des dunes de 510 mm à 15 pas du sentier…

Je n'ai pas eu le temps de compter les jours que déjà ça ne tient plus sur les pages. Je suis confronté à un dilemme : faire tenir le carnet dans ma poche et changer de carnet très régulièrement, ou bien changer de dimension et ne plus pouvoir le glisser dans ma poche. J'opte pour le nouveau format.

Ce qui m'agace. Je veux tout recopier, avoir des carnets identiques. Je suis furieux envers moi. Pourquoi ne pas avoir commencé plus tôt, dès le début, je n'ai pas de trace de tout, pas de trace du début. Pourquoi n'avons-nous pas de trace de nos origines. Pourquoi le commencement doit-il demeurer dans le brouillard d'une mémoire incertaine ?

L'angoisse grandit. Elle m'absorbe et dévore le sommeil de mes nuits. Elle prend corps, réelle, physique, elle envahit ma chair. Elle génère une poussée de fièvre si forte qu'elle m'immobilise au lit. Je ne peux plus aller à l'école. Le cercle vicieux rejoint l'angoisse, à deux ils sont plus forts. Je m'en veux encore plus de manquer la classe. La fièvre me brûle, elle incendie chacune de mes cellules. Pendant des jours aux allures d'années, je suis possédé par ma fébrilité.

C'est là que maman me rapporte le plus beau des cadeaux. De toute ma vie, pleine et entière. Un livre sans mots, sans images, rien que des couleurs : un Pantone.

J'adore ce nom, j'imagine un arlequin qui aurait englouti du panettone. Ce nuancier devient mon livre de chevet préféré. Aujourd'hui encore, il trône aux bras de mon lit. Je suis immédiatement fasciné par ce système de normalisation de classement des couleurs. On touche à l'universel, la norme planétaire, l'unique moule des couleurs. Neuf cent quatre-vingt-douze couleurs codifiées. Plus d'ambiguïté possible, fini les quiproquos. Autant dire que Pantone est le meilleur des remèdes qui chasse fièvre et angoisse d'un revers de page.

Tout en flânant devant ces teintes abondantes aux noms exotiques, mon esprit les apprend par cœur, dans l'ordre.

Date : dimanche 12
Heure : 10 h 05
Lieu : plage des contrevents
Ciel : vert céladon
Mer : bleu de Prusse
Temps : 8°, grisaille, vent de secteur nord-est
1 plume
Endroit : à 4 pas du blockhaus
Type : goéland argenté – Larus argentatus argenteus.

Longueur : 228 mm
Rectrice : 61 mm
Origine : mue
...

Je m'approche, enfin, de l'idéal. Mais l'idéal avance avec l'horizon, il marche sous nos pas.

10.

« Tu viens jouer avec nous, Lulu ? »

Déjà que je n'aime pas mon prénom, alors ce Lulu, quelle horreur. Mon prénom n'est pas si long, pas si difficile à prononcer. Pourquoi ne pas l'énoncer en entier. Je n'aime pas les diminutifs, j'aime l'exactitude en tout. Lulu, je me représente en petit biscuit de blé dentelé aux quatre oreilles (que j'aime croquer une à une au goûter). Lulu, je me vois attablé, comme sur cette affiche accrochée dans la cuisine, dans ce film, *Les Tontons flingueurs*, aux côtés de Ventura et de Blier (je ne l'ai jamais vu mais maman en parle si souvent). Lulu, je suis une rivière des hauts plateaux du Congo. Lulu, je tourne en rond dans la boîte à musique fanée d'Alain Souchon.

En même temps, une note d'affection émane de ce petit nom. Finalement, peut-être m'apprécient-ils ? Cela signifie-t-il que je leur ai manqué pendant mon absence ? Cherchent-ils à m'extirper de ma sauvagerie ? Ou bien manque-t-il quelqu'un pour compléter l'équipe de foot ?

Je me rends compte que je ne connais le prénom de personne. Il s'agit pour moi des élèves, une masse informe et anonyme. J'ai mémorisé des milliers de noms de coquillages, d'oiseaux, de couleurs et je ne me souviens d'aucun prénom.

Lorsque l'on m'appelle Lulu, parce que le phénomène se reproduit parfois, j'ai la sensation de ressembler à Lucien, alors qu'en fait Lucien s'appelait Serge. Je me sens encore plus laid.

« Tu viens jouer avec nous, Lulu ? »

Je demeure muet. J'arrive maintenant à prononcer quelques mots. Pas encore des phrases, mais des mots. Ce qui me permet de répondre à la maîtresse, pas encore aux enfants. Mon toc-toc est toujours présent, moins là, moins fort, mais toujours dans ma bouche. Je n'aime pas le son de ma voix, trop aiguë. Surtout, je n'aime pas parler pour ne rien dire, d'ailleurs cela me fascine et me fascinera toujours, tous ces gens qui parviennent à alimenter des conversations creuses qui remplissent l'atmosphère de leurs bruits. Est-ce pour se rassurer qu'ils peuplent l'espace ? Leurs vies sont-elles aussi vides que leurs discussions ? Est-ce moi qui ne maîtrise pas les codes de la bienséance à toute épreuve ?

Avec la nature, communiquer est tellement plus simple qu'avec les hommes.

Une langue ancestrale sans paroles.

Un jour, il y a longtemps, maman aussi avait laissé échapper un diminutif. Luce. Luce. Et pourquoi pas Lucy. Était-ce une sœur bannie, elle aussi, de la maison qui traînait dehors avec le grand frère ? Ou cela trahissait-il un rêve inassouvi d'avoir une fille ? Si j'avais été de sexe féminin, me serais-je prénommée Luce ? Si maman est si couvante avec moi, est-ce parce qu'elle me voit comme une fille ? M'aurait-elle prouvé son amour si je n'avais pas été un garçon ? Luce. Elle n'a jamais récidivé.

11.

Il me faut toujours plus. J'ai besoin de ma dose d'embruns, d'adrénaline. Après les coquillages, puis les plumes et le bois flotté, je me suis mis en tête de gravir une marche supplémentaire, voire ultime. Je veux tout. Je me suis persuadé de ramasser l'ensemble de ce que je peux trouver sur la plage. Puisque la nature a tant à offrir, pourquoi sélectionner ? Je ne serais plus un simple collectionneur, j'allais créer un cabinet de curiosités.

Je serai naturaliste.

Je suis emballé par cette idée. Ce projet est si excitant. Si je pouvais, je crois que je crierais fort, de joie. Crier à travers toute la maison, crier comme un joueur qui vient de marquer le but décisif qui mène à la victoire.

Il ne faut pas que je me laisse envahir par mes émotions, même si c'est agréable. Chaud et doux à la fois, un vent du sud. Le zéphyr parcourt mon être de sa caresse ensoleillée. Je dois garder le contrôle de mon esprit et me concentrer sur une étape coriace. Hurler desservirait ma cause. Il faut que je me prépare à convaincre maman.

Mon argumentation se doit d'être sérieuse.

« Il faudrait des boîtes, beaucoup de boîtes, des carnets, des étiquettes, de la ficelle, du scotch, du savon, des chiffons... Tout est listé là, regarde, sur la petite feuille à carreaux. »

Le plus difficile reste à venir. Parce que maman n'aime pas le désordre. Parce que cela représenterait un important volume dans ma chambre. Il faudrait des étagères supplémentaires, mais je ne veux pas imposer de dépenses, aussi j'avance l'idée du cadeau d'anniversaire.

Maman me regarde avec des yeux que j'ai déjà observés, des yeux vitreux de poisson mort échoué sur le rivage. Exorbités. Je crois qu'elle est si dépassée par mon projet fou qu'elle ne sait pas dire non à cela. Elle dit déjà non à tout. Comment interdire la déraison ? Au fond d'elle, elle doit bien savoir qu'il s'agit d'un délire. Mais elle ne peut m'arrêter en plein galop, freiner ma course vers le pire.

Mon enthousiasme recouvre le scepticisme de maman. J'aimerais me rendre sur-le-champ à la première plage venue et sonder le site, sur les traces de miraculeux vestiges.

Il faut de nombreux jours pour réorganiser la chambre. Dès que c'est fait, je me rends à l'océan, sac sur le dos, panier sous le bras, carnet dans la poche. Prêt pour l'expédition.

Date : mercredi 4
Heure : 8 h 10
Lieu : anse du récif
Ciel : bleu charron
Mer : bleu turquin
Temps : 7°, vent d'ouest, faibles rafales
1 bouchon en liège à l'écriture effacée
1 gant en laine noir
1 bille chat orange
1 morceau de cordage
1 tissu à carreaux provenant probablement d'une chemise
1 filet de pêche
...

La prise est miraculeuse. Je crois à la chance du débutant. Et débutant je le serai longtemps, parce que la chance ne me quittera pas, ni pendant toute cette période, ni jamais.

Mon cabinet de curiosités grossit, grossit, vite. Il enfle à la rapidité d'un ballon de baudruche que l'on gonfle à l'hélium. Immaîtrisable. La Terre tourne, tourne, vite. Les heures tourbillonnent à en perdre tout repère. Ma vie est devenue une toupie lancée à vive allure, prête à basculer à tout moment. Je ne respire plus que pour cette tâche titanesque. Sans fin.

12.

L'été, l'époque de toutes les tristesses. Alors que les enfants attendent avec impatience ces fameuses vacances, grandes de surcroît, longues, interminables, je redoute ces moments. Loin. Loin de l'école désertée, loin de la plage envahie. Contrairement aux autres, je déteste l'été sans fin, je hais les vacances.

Maman y voit enfin une pause, un moment de répit pendant lequel je pourrais penser à autre chose. Elle, qui a imaginé mon cabinet de curiosités comme une petite mercerie de la mer, est effrayée par l'amoncellement d'objets. Elle entreprend de me faire comprendre que l'occasion est idéale pour ranger ma chambre. Vaine tentative. Je veux tout garder, tout conserver. Ne pas en perdre un grain. D'autant que, si la pièce est encombrée, tout y est classé et ordonné.

Maman tente de me distraire. Mais ce ne sont pas ses jeux, de cartes, de dés, de pions, de société, de hasard ou de réflexion, ni ses nouveaux vinyles qui vont me changer les idées. Je passe mon temps au lit, allongé sur mes draps bordés, les yeux ouverts, à fixer le plafond tout en caressant la doublure de ma veste. Je fixe le temps qui se momifie, j'écoute mon sang ne plus circuler, ne plus m'irriguer. Le seul bon moment est le matin, au réveil, lorsque je me saisis de la craie pour tracer un bâton vertical sur l'ardoise. Les jours de bâton horizontal, je m'applique et appuie avec force, c'est l'extase.

Au bout de quelques semaines, elle cède. Inquiète de ma léthargie, lasse de me voir tourner en rond dans mon bocal.

Il est inconcevable d'aller à la plage dans la journée. Trop d'estivants bruyants, trop de soleil qui brûle la peau.

La plage, ma deuxième maison, est occupée par des touristes qui m'en privent. Maman dit que le littoral est à tout le monde et que je ne dois pas être si possessif. Un comble pour quelqu'un qui refusait de me partager.

Les jours grignotent sur les nuits. Le petit matin commence si tôt que la lune est encore là lorsque nous arrivons.

La plage a changé. Je ne la reconnais plus. Elle est fatiguée, fripée de la veille.

Je recommence malgré tout à chercher sur ce terrain mouvant où même les objets trouvés sont différents.

Date : mardi 19
Heure : 6 h 20
Lieu : plage des contrevents
Ciel : bleu cérulé
Mer : vert lichen
Temps : 10°, mer calme, absence de vent
1 balle en mousse
2 pièces dont l'une de pays inconnu
1 briquet avec un drapeau de Grande-Bretagne
2 journaux
1 sandale pointure 26
1 bague avec des petites pierres
...

Tout ce que je collecte est à mes yeux précieux. Seule compte la valeur de ma quête. Aveuglé, je ne perçois pas que s'y cachent de véritables trésors.

13.

Je parierais ne l'avoir jamais vue, cette vieille dame avec un casque sur les oreilles. Lorsqu'elle s'approche de moi, elle a l'air de me connaître, de me reconnaître. Je cherche maman des yeux. Elle est déjà loin derrière les rochers. Mon toc-toc s'agite. La vieille dame me parle et je ne l'écoute pas. Je fixe sa drôle de machine, venue d'une planète lointaine, là où l'homme n'existe pas. Il s'agit d'un engin avec un long manche qui se termine par une sorte de soucoupe volante.

« Tu n'es pas un peu jeune pour être prospecteur, petit ? C'est ta maman qui t'oblige ? »

Je ne comprends rien à ses questions. Je ne quitte pas du regard son outil.

« Elle te plaît ma machine ? »

J'opine, médusé.

« Ça te fait rêver, n'est-ce pas ? C'est un radar de sol à très hautes fréquences. »

Face à mes yeux ébaubis et mon sourire émerveillé, elle me fait une démonstration. Lorsqu'il détecte du métal il émet un signal, une sorte de bip-bip qui s'accélère dès que l'on s'approche de la cible.

« Tu entends, petit, comme ça chante ? »

Je ne perçois qu'un bruit strident qui agresse mes oreilles alors qu'il évoque une musique pour la vieille dame.

« Qu'a-t-il repéré ? Alors petit, est-ce une capsule en aluminium ou un bijou d'orfèvrerie ? »

Elle sort de son sac une pelle pliable et commence à fouiller.

« Tu sais, parfois il faut creuser jusqu'à soixante centimètres ! Tout en prenant son temps. Mais j'ai vu que tu étais minutieux. »

Je l'observe. J'aime le paradoxe entre la précision de son geste, calme, froid, et l'animation de ses prunelles. Plus qu'une excitation, une croyance en ces quelques instants où, comme à la roulette, on dévisage la bille avec tant d'ardeur et d'intensité que l'on sait. Ce n'est pas de l'espoir mais de la certitude. On sait qu'elle s'arrêtera sur la bonne couleur, la bonne case, il ne peut en être autrement.

Elle s'empare de l'objet et aussitôt l'éclat dans ses yeux disparaît. Il s'agit d'une petite pièce de monnaie. Elle la glisse, sans que j'aie l'occasion de l'observer, dans une bourse en cuir rivée à sa ceinture. Elle a un autre sac, plus grand, accroché à sa besace. Elle m'explique qu'elle trie : un sac pour les précieux, un sac pour les détritus qu'elle déposera à la poubelle. Je ne comprends pas encore ce que cela signifie, ce que cela changera dans ma vie. Cela préfigure pourtant un bouleversement.

« Tu sais, petit, c'est mon territoire ici. J'y viens chaque été. Il va falloir te trouver un autre terrain. »

Maman surgit à ce moment-là. Elle me saisit par les épaules, de ses deux bras, inquiète de me surprendre en conversation avec une hurluberlue. En quelques mots, l'une et l'autre sont rassurées. La vielle dame comprend que je ne suis pas attiré par les objets de valeur et maman que cette créature loufoque ne me veut aucun mal.

Une discussion à trois s'installe. Mes yeux font le ping-pong entre la bouche de la vieille dame, la bouche et les mains de maman toujours autour de moi.

La vieille dame se lance dans l'épique récit de sa vie. J'ai l'impression d'ouvrir un livre de chercheur d'or. Elle nous explique que les estivants et les marchands ambulants laissent derrière eux une quantité considérable de monnaie et de bijoux. Elle nous précise la différence entre les recherches sur sable sec et humide, la façon dont les objets s'enfoncent, la profondeur d'ensevelissement, le meilleur moment pour venir explorer, ses zones de prospection, ses plus belles trouvailles, l'efficacité de sa machine. Elle est intarissable d'anecdotes. Sur les alliances retrouvées, qu'elle rend toujours si l'amour brûle encore (oui, elle pose la question en ces termes avant de remettre l'anneau), les bijoux rares aux pierres précieuses multicolores, les pièces étrangères de pays lointains…

La vieille dame remarque que je lorgne son sac à dos. Il déborde de matériel, cela m'intrigue.

« Tu veux savoir ce qu'il y a à l'intérieur, petit ? »

Sous les vêtements et les jeux de piles, des tas de cartes, des cartes que je ne connaissais pas (et pourtant maman en a un paquet), des cartes marines. Je suis subjugué.

« Nous allons laisser madame poursuivre sa prospection, nous avons assez abusé de son temps.

– Oh, madame, madame, comme vous y allez avec vos grands mots ! Félicie, je suis Félicie ! »

Ma curiosité est stoppée net. Moi qui n'aime pas les prolixes, je serais resté des heures l'écouter.

« Au revoir Félicie, moi c'est Lucien ! »

Pour prolonger cette improbable rencontre, je monte dans ma navette à rêves. À force de passer du temps entre les étagères de la bibliothèque de l'école, j'ai fini par faire le tour des ouvrages documentaires et, même si j'aime m'y replonger encore et encore, j'explore un nouveau rayonnage, celui des romans. Je découvre un autre monde, peuplé d'auteurs infinis dont certains que lit maman. Ce jour-là, je m'immerge dans le récit d'aventures de Jean-Marie Gustave Le Clézio. Une histoire qui me fait voyager dans les splendeurs d'une odyssée. Je suis tout entier transporté sur l'île de Rodrigues, je sens l'effervescence de la nature exotique autour de moi, j'éprouve les violents ravages de la guerre, de l'ouragan, j'espère de tout mon cœur trouver l'or du Corsaire.

J'ai très envie de la revoir, Félicie. Ses cartes marines flottent dans ma tête. Le lendemain, elle n'est pas à la plage. Le surlendemain non plus. Inquiet, je l'imagine déjà envolée, chevauchant sa machine fantasque, en direction d'une autre étoile.

Le troisième jour, elle est là.

Affairée, elle est moins disposée que la première fois à bavarder. Je rassemble le maigre courage dont je dispose pour lui proposer mon aide.

« Félicie, laissez-moi être votre assistant aujourd'hui et en échange vous m'expliquez vos cartes marines. »

Elle accepte sans hésiter. La prise est bonne : les pièces et les pierres se bousculent dans sa bourse en cuir.

« Oh ! tu es mon ange gardien, Lucien ! »

Elle ne peut pas savoir qu'il est bel et bien là, dans la doublure de ma veste.

« Tiens petit, prends cette piécette de monnaie avec un trou au milieu, tu l'accrocheras à ta boutonnière, avec une épingle ! »

Puis, assise en haut des dunes, entre les immortelles et la clôture en bois, elle sort ses cartes marines.

« Tu vois, petit, ce n'est pas un passe-temps, ce n'est pas un loisir, c'est un art, c'est une science. Il est essentiel de connaître le sens des courants sur le bord des plages. Tu dois repérer les zones les plus creusées par la mer, avoir en tête les horaires des marées, surtout des grandes marées, celles avec de gros coefficients. Ce sont les meilleures, celles qui brassent le sable des plages par la force des vagues. C'est là que les trésors seront déposés, là ! »

La vieille dame m'apprend cela, les mouvements de la mer, ses courants et ses marées. Je sais désormais pourquoi la plage est tantôt amaigrie par les flots, tantôt débordante de sable. C'est ainsi que je la préfère, vaste et généreuse. Nous partageons ce point commun avec Félicie. L'amour de l'immensité des plages vides redevenues sauvages une fois les tempêtes évanouies.

Cet été-là s'écoule, au rythme du flux et du reflux, au bercement poétique de la météo marine. L'initiale tristesse cède la place à la découverte. C'est aussi cela l'été, l'époque des apprentissages et des rencontres.

14.

Le jour de la photo de classe est un grand jour, un jour d'effervescence, le plus important, pour maman.

« Ce n'est pas une simple photo de groupe, c'est une institution ! Tout le monde aura chez lui une image de toi, Lucien, aura cette image-là de toi, définitive. »

Maman aime en poser un exemplaire dans la cuisine, sous les affiches de films, peuplant ainsi le vide de notre maison, isolée de tout, de tous.

Maman a raison sur un point. C'est le cliché d'une époque, celui que l'on garde toute une vie, que souvent on regarde. Recherchant au fil des ans qui est qui, tentant de se souvenir du nom de la maîtresse, parce que les prénoms des enfants, je ne les connaîtrais jamais. Se moquant des poses, des mines figées, des tenues surannées et des chevelures endimanchées (surtout me concernant). Se rappelant, avec nostalgie, de l'endroit précis de l'estrade dans la cour, de la forme des arbres, de la taille des fenêtres, de la couleur du préau.

La tenue est préparée des jours à l'avance. Les chaussures rutilantes, la chemise éclatante. Elle répète, réitère ses recommandations :

« Tu ne dois pas ressembler au toi du quotidien, tu dois être toi en mieux, aussi beau que Gainsbourg ! »

Cela donne lieu à d'étranges séances d'entraînement. Elle me coiffe, la raie bien nette, sur le côté, elle place ses doigts sur les commissures de mes lèvres et les lève, haut, pinçant mes joues, fort. Elle me force à sourire. Je dois aussi allonger le cou, garder les épaules en arrière, me mettre légèrement sur la pointe des pieds, pour paraître plus grand. Je devine, effrayé, mon reflet dans les yeux de maman. Je ne suis qu'un pantin, un pantin disgracieux.

Je suis cet enfant toujours assis devant, sur une chaise, dont les pieds peinent à atteindre le sol, parce que petit, dans un coin, parce que laid, affublé d'un sourire grimaçant aux allures de Joker. Le jour de la photo de classe est un jour angoissant, un jour de turbulence, le pire pour moi. Celui de l'instant que l'on fige à jamais, de l'irréversible postérité. Ce jour des débuts, qui marque une fin indélébile. Mais, on le sait, ce ne sont pas toujours les meilleurs qui franchissent la ligne d'arrivée.

15.

Je repense souvent à ma rencontre avec la vieille dame de l'été, Félicie. Maman n'a pas voulu que j'accroche sa pièce de monnaie trouée au centre, je le fais quand même, dès que j'arrive à l'école (d'ailleurs dans les toilettes le matin je suis loin d'être le seul à réajuster ma tenue). Je repense à Félicie et surtout à la ferveur de son regard. Je voudrais, moi aussi, embraser mes yeux de cette petite lumière, comme elle, comme Alexis, le héros de Le Clézio.

Je réalise que je n'ai pas de rêve d'objet, de trésor. Je ramasse tout, sans prioriser. Il me faut un idéal, je dois trouver cet absolu, trouver mon graal à moi. Je me suis trompé. Il ne faut pas tout inventorier : la nature n'est pas qu'une machine dont il faut exhiber les secrets.

Je dois procéder par élimination. Je ne veux surtout pas faire concurrence à Félicie. Longtemps, je cherche, allongé sur le lit, parcourant mon musée. Je regarde mes empilements de boîtes, mes étagères obstruées. Je parcours à nouveau mon carnet. Mary Poppins n'aurait pas réuni de plus improbable bric-à-brac. Une évidence : je ne dois pas quérir la facilité, mais la rareté. Il me faut trouver le plus exceptionnel des objets.

Ne trouvant pas l'inspiration, je me rends à la plage. La réponse y est, forcément.

S'asseoir sur la pelouse dunaire. Regarder l'horizon. Attendre. Le fixer. Se dire que quelque chose va surgir, de là-bas, au loin, à la lisière du réel. Un signe. Des heures figées, des heures sans fin, à s'enrougir les yeux, agrippé à l'hypothétique point d'une ligne en fuite.

La réponse vient de la contemplation. C'est l'océan qui exauce mon désir, qui m'envoie un trésor béni. Flottant là, à l'orée des vagues qui se déploient lentement, caressant le sable. Une bouteille.

16.

Ce jour-là, la maîtresse écrit un mot étrange au tableau. Personne ne l'a jamais vu. Il y a un *y*. J'aime les mots avec des *y*. Et pas seulement pour battre maman au Scrabble.

J'aime écrire cette lettre, surtout en majuscule cursive, le jambage qui tourne, la ligne droite qui descend, qui s'étire vers le bas, qui plonge et cette longue boucle qui remonte à la surface de la ligne.

Elle est fascinante cette lettre, la vingt-cinquième, l'avant-dernière. Deux, il existe deux *i* dans l'alphabet, deux. Un français et un grec. C'est une invitation au voyage, une intégration réussie. Le grec qui vole au secours du latin qui n'avait pas de *u*. Une lettre mutante, cet upsilon qui se prononçait u, ce *u* devenu *i*. Une lettre rebelle, l'unique voyelle à ne supporter aucun accent. Une lettre qui à elle seule est un mot, un petit mot. Le *y*, ma préférée.

La maîtresse demande de lister tous les mots avec un *y*. Alors que les enfants écrivent yeux, poney, yoyo, je suis inépuisable. Abbaye, amygdale, analyse, chrysalide, cyclone, dépaysant, dysfonctionnement, hydratation, hypnose, larynx, martyr, mythe, nettoyer, oxygène, psychologie, tutoyer, tyrannie, voyage…

Nous en arrivons au mot du jour : syllogomanie.

« Alors, essayez d'en deviner le sens. Qui a une idée, une proposition ?

– Un obsédé des cils ?

– Un maniaque des gommes ?

– Un synonyme de syllabe ? »

Les hypothèses les plus comiques sont émises, je les écoute, impavide.

La maîtresse explique le sens réel du mot. Alors que j'en écris la définition dans le cahier de vocabulaire, tout le monde me regarde. Je sens tous ces yeux rivés sur moi. J'entends les fourberies de la rumeur.

Il ne peut s'agir d'une coïncidence. J'ai bien compris le petit jeu de la maîtresse. Il est probable qu'elle soit de mèche avec maman. J'imagine leurs manigances dans mon dos tourné. Sauf que moi je ne suis pas malade. Et certainement pas de cela. Accumulation excessive d'objets en tout genre, indépendamment de la valeur, de l'utilité, de l'encombrement. La peur de jeter. Non. Je la vois, la pitié dans le regard des enfants. Elle est si forte qu'elle envahit la classe. La pitié mêlée au dégoût.

Oui ma chambre est encombrée, oui je commence à avoir des difficultés à me frayer un chemin jusqu'à mon lit, oui il m'est impossible de me débarrasser de mes trouvailles, oui ma vie sociale est réduite. Mais ce n'est pas moi qui souffre.

Je lève le doigt, la main, le bras, le corps. Trop agacé, j'en oublie mon toc-toc. Et, une fois debout, je déclare haut et fort :

« Je récupère ce que la plage refoule, ce que la mer rejette. Qui est malade ? La mer ou moi ? »

Silence. Un silence profond, un silence qui ensevelit en un claquement de mots la pitié et le dégoût. Un silence de honte.

17.

Elle est en verre, cette bouteille. Je ne l'ouvre pas à la plage, ne la regarde surtout pas. Je la glisse aussitôt dans mon sac à dos. Je veux attendre d'arriver à la maison. Faire durer le plaisir. Avoir une deuxième surprise.

Elle n'est pas arrondie mais rectangulaire, irrégulière, j'ose à peine l'effleurer, entre l'aspérité des reliefs de son corps on distingue les restes d'une étiquette. À l'intérieur, un papier bruni, roulé, fermé par un brin de ficelle. Le bouchon, en liège, a été scellé à la cire, elle n'a donc pas été jetée par erreur à la mer.

Avant de l'ouvrir, je veux en savoir plus. Les quelques indications lisibles de l'inscription m'apprennent qu'il s'agit d'une marque de whisky. Vient-elle d'Écosse ? Une hypothèse. Je ne peux concevoir, à ce moment-là, que celui qui a lancé cette bouteille l'ait choisie au hasard.

Défaire le scellé, cette opération délicate mérite de sélectionner un outil adéquat. Un petit scalpel, voilà l'instrument approprié. Maman ne cède pas à ma demande et je dois me rabattre sur une lame de cutter. J'ai beau argumenter que je crains de me blesser, elle refuse d'en entendre parler.

« Ça suffit, Lucien, tes histoires, encore tes histoires, toujours tes histoires ! »

Cela devrait me contrarier, j'ai peut-être quelques instants de dépit, mais rien ne pourrait ternir l'enthousiasme de ma tâche. Il faut, à plusieurs reprises, minutieusement, contourner le goulot englué de l'épaisse cire. Ce n'est pas l'étape la plus épineuse.

Retirer le papier bien plus large que le col de la bouteille. Je crains de le déchirer en le sortant. Solliciter maman pour lui emprunter sa pince à épiler, je dois prendre ce risque de la voir s'énerver plus encore. Dans un mouvement de bras qui aurait pu ressembler à celui d'une vague de hip-hop s'il n'eut été accompagné d'un pffff, elle me tend son arrache-poil.

Un crayon d'une main, la pince de l'autre, je dois réenrouler le papier tanné afin de pouvoir l'extraire. Cette intervention périlleuse nécessite de rester concentré, de garder son calme, de ralentir ses gestes, et ce jusqu'au bout.

Une fois la manipulation accomplie, je pose le parchemin sur une serviette blanche dans un coin du bureau. Non, je ne le déballe pas immédiatement. Je savoure chaque seconde de cette aventure, je prolonge ma joie, rêvant à la découverte de son contenu. Ma contemplation dure jusqu'au lendemain.

Je déroule le papier, sa peau épaisse, rugueuse, sa forte odeur d'eau, comme la Cologne que maman utilise les jours de bain. Il révèle des mots, des mots écrits à la main dans une langue inconnue, des mots effacés, érodés. Tout est illisible. Étrange, la bouteille est pourtant hermétique. Des mots écrits dans une encre invisible qui n'avait rien de sympathique. Je m'imagine un espion rédigeant un message stratégique destiné à résoudre un conflit guerrier.

Et s'il s'agissait de larmes, et si la tristesse avait lissé les mots, et si les sanglots de la perte, du chagrin avaient embrumé la lettre de cet amour évanoui, consolé dans un enivrement ? Et si, dans un ultime geste de désespoir, elle avait été jetée pour conjurer les tourments ? Pour la réconforter, je l'embrasse, d'un petit baiser, furtif. Une fois le message remis à l'intérieur de la bouteille, je l'enlace. Moi qui n'ai jamais de marque d'affection, je sais que la tendresse, ça aide à guérir, même à distance.

Je pourrais être peiné par cette absence de réponse, par ces mots effleurés. Mais ce ne sont pas les mots qui comptent, c'est ce qu'ils révèlent, leur entreprise. Je suis au contraire heureux. J'ai trouvé mon graal. Je vais désormais collectionner des bouteilles, des bouteilles en verre venues de la mer.

18.

Sur la plage, mon regard est désormais tourné plus près de l'eau, guettant l'arrivée d'une providentielle bouteille. Je remarque la présence de nageurs. Peut-être étaient-ils là avant, je ne peux l'affirmer, mais probablement.

Je n'ai jamais plongé mon corps dans l'océan, seules mes mains connaissent cette sensation salée. Maman prétend que j'ai peur d'y aller. Si maman le dit, je la crois. Ou alors, à force de le dire, c'est devenu vrai. Et comme elle ne se baigne pas non plus, seuls ses pieds, ses chevilles et la naissance de ses jambes goûtent les effets des flots.

La couleur des drapeaux rythme les baignades. Vert, orange, rouge. Plus les flammes flottent, moins les corps ondulent. Certains semblent ne pas suivre ces recommandations, bravent les éléments, déguisés en loutre de mer tant ils sont enveloppés. Ressentent-ils encore la puissance de l'onde sur leur chair surprotégée ? Des bras, des têtes, c'est tout ce que l'on distingue, des corps amputés. J'aime ceux qui effleurent l'eau sans la faire frémir, caressant d'un mouvement l'océan.

Je vois la mer comme un large tapis, je pourrais la soulever, regarder dessous, admirer ses trésors sauvegardés, démasquer toutes les poussières distraitement jetées avec le regard ailleurs, avec les pieds frottés sur le paillasson.

Je vois la mer comme un décor, je suis un Truman sans projecteur espérant qu'un réalisateur hurle : coupez ! Ce qui m'entoure, ce n'est pas un décor, non, c'est la vie, la vraie. Le décor, c'est moi, c'est moi qui suis de passage.

19.

Je ne pense qu'à ça. Pas la doublure, pas la doublure.

Je la regarde tournoyer dans les airs, passer de main en main, témoin de mes faiblesses. Ils rient. C'est sûr, elle va être toute chiffonnée, souillée par leurs mains moites et cradingues.

« Alors Lulu, tu ne viens pas la chercher ta veste de pépère ? »

Peut-être est-ce un jeu ? Peut-être veulent-ils me voir courir ? Peut-être n'ont-ils plus de ballon ?

Pas la doublure, pas la doublure. Et si elle se déchire et si mon ange gardien s'envole.

« Allez Lulu ! Viens l'attraper, plus vite ! »

Ils rient. Mon corps brûle. J'imagine la colère de maman, mon ventre pirouette aussi vite que mon blazer, il essore mes entrailles.

La veste monte en flèche, de plus en plus haut dans le ciel. Les garçons des autres classes entrent dans cette triste valse. Ils rient. Je les regarde de toute mon impuissance. Le contenu de mes poches finit par tomber, par s'écraser sur le sol de la cour, libérant un à un mes objets personnels, livrant à tous une part de mon intimité. Seul mon mouchoir en tissu blanc tente un acte de résistance, il volette tel une plume, lentement, signe de paix, de cesser les chicaneries.

À force de la lancer en l'air elle finit par atterrir sur le toit du préau, pile dans l'angle, accrochée à la gouttière. Mon estomac se tord sous la charge de cette offense, mon corps tout entier se broie dans la centrifugeuse de la honte. Je ne peux retenir mes larmes, ni celles de mes yeux ni celles de ma vessie. Ils ne rient plus. Oui, c'est moi qui ai eu honte de me mettre dans cet état-là pour une veste. Comment pouvaient-ils savoir qu'il s'agit bien plus qu'un simple vêtement ? Ma carapace, mon bouclier.

Ils ont beau grimper, dans une courte échelle acrobatique pour aller la chercher. C'est mon cœur qu'ils abîment, mon cœur déjà tout cabossé. Ils ne rient plus. Et ils ne connaissent pas la suite, le pire est pour moi, pas pour eux. Comment expliquer à maman pourquoi je rentre de l'école en ayant déshonoré et un pantalon et une veste.

20.

Mon anniversaire approche. On ne le fête pas, enfin, à peine. Un gâteau individuel, une bougie soufflée à la hâte. Pas de cotillon. Ce jour-là j'ai le droit de choisir les vinyles, d'écouter ce qui me chante. Pas de ballon. Je peux danser avec maman. Pas de chapeau pointu. Je veux suggérer mon cadeau, devancer la question de mes désirs. Je sais que ça ne se fait pas. Tant pis. Il me faut un petit scalpel, un nouveau carnet qui serait réservé à ma nouvelle collection et un globe, un de ces globes lumineux qui éclairent les nuits, sur lequel je pourrais faire tourner mes doigts et imaginer d'où proviennent les bouteilles, suivre leur trajet.

Maman aime les objets hors du temps, elle se réjouit de mon inspiration. Cette idée d'observer les voyages aquatiques la charme. Il faut dire que maman est rassurée de constater qu'avec ma nouvelle obsession je rapporte presque moins d'objets de la plage à la maison. Elle se dit que je suis peut-être guéri du mot avec un *y*. Elle ne peut alors imaginer l'ampleur du phénomène.

Je décompte les jours qui me séparent de l'arrivée de mon amie, la planète Terre.

21.

Ce jour-là, je fouille parmi les accumulations d'algues, soulevant les noires et sèches, remuant les gluants spaghettis. Elle est dissimulée parmi un tas de goémon.

Je la reconnais, il s'agit d'une bouteille de sirop. J'en ai déjà bu (aux fruits de la Passion) et je m'inquiète tout de suite de l'état du message, si la bouteille a été mal lavée, il sera collant. Je me dis, à raison, qu'il peut s'agir d'un enfant. Cette perspective m'égaie.

Bingo. La lettre est rédigée à l'ordinateur, par un garçon, guère plus jeune que je ne le suis. Quelques lignes simples, un enfant en vacances en famille, sur une île, l'espoir d'une réponse.

Mon globe ne m'est d'aucune utilité puisque la bouteille provient de France. Elle n'a parcouru que quelques centaines de kilomètres, a longé les côtes, un périple de courte durée.

Je ne sais pas pourquoi, parce qu'il s'agit d'un enfant peut-être, je décide de l'apporter à l'école. Et montrer mes trésors à la maîtresse, c'est partager un peu de ma joie. Elle lit avec attention les quelques mots et sans avoir reposé le message, annonce un changement de programme dans la séance.

« Aujourd'hui, j'ai décidé d'étudier la géographie du littoral et les courants marins. »

Autant dire que je suis dans mon élément.

Puis, à la fin de la journée, on rédige un courrier, tous ensemble, toute la classe, même ceux de l'incident de la veste. On se met en petit groupe, chacun a écrit une phrase. On choisit les plus jolies, on les recopie sur une lettre. Ensuite on fabrique une grande enveloppe en forme de bouteille, on dessine des poissons dessus. C'est une de ces journées indélébiles, tatouée dans ma mémoire.

Nous exauçons son vœu, il obtient sa réponse. Je l'imagine sautant, empli de youpi. Ça me réchauffe le cœur, de faire plaisir à un inconnu, d'avoir inscrit un trait d'union entre nous.

Ce jour-là, je commence mon carnet. Il faut s'organiser à nouveau. Numéroter, répertorier le lieu de départ, la date de lancement, l'endroit précis du lieu d'arrivée, le type de bouteille, la durée du trajet, le nom et l'âge de l'expéditeur, la date de réponse. Bien sûr, sans oublier les précisions habituelles.

Date : jeudi 8
Heure : 10 h 45
Lieu : anse du récif
Ciel : bleu paon
Mer : bleu sarcelle
Temps : 11°, vent d'ouest, houle modérée
...

Je referme le carnet en me disant que la lettre sera possiblement le début de quelque chose : va-t-il répondre, entretenir une correspondance ? Une amitié à distance est peut-être plus simple que dans la vie réelle. Sans visage, avec d'autres règles que celles d'un monde qui m'échappe si souvent.

22.

Au petit matin.

Lorsqu'il est le plus beau, le plus prometteur, qu'il n'est pas encore envahi par la quotidienneté. Pur. Le petit matin est le plus grand. C'est en avançant dans la journée, c'est lorsque tournent les heures qu'il se rapetisse, qu'il se tasse du bruissement du monde. C'est au petit matin qu'il est le plus grand.

L'espoir.

De trouver une pépite prometteuse. Farfouillant davantage dans les recoins étendus de la plage qui se dilate au moindre cillement. J'explore, toujours au-delà des espaces inconstants.

Je rapporte moins à la maison, beaucoup malgré tout. Les entorses à mes promesses sont aussi constantes que les offrandes de la plage.

Depuis que je passe plus de temps au bord de l'eau, j'ai pris l'habitude de remettre à la mer tous les animaux. J'en trouve souvent : des crabes, des poissons, des mollusques, des étoiles de mer, des oursins. Je les pose délicatement dans le creux de ma main, les caressant de l'autre pour les rassurer. Intérieurement, je leur fredonne un air réconfortant (une chanson douce avec du soleil vert). Parfois, ils bougent, piquent, se recroquevillent, font les morts. Je pivote mes épaules, étire mon bras et les lance le plus loin possible, visant vers le fond de l'horizon. J'ai ainsi l'impression de sauver un fragment de leur existence. Même si j'en doute, quelquefois, comme pour les oiseaux et les insectes. Oui, je sais qu'il ne s'agit pas d'animaux marins, mais l'océan est le réceptacle de la vie et j'ai l'espoir insensé d'un miracle. Je ferme fort les yeux et présage qu'ils se retrouvent tous dans un abyssal éden, festoyant ensemble. La sardine trinque avec l'hippocampe, l'abeille danse aux bras du poulpe, la mouette rit avec l'étrille.

23.

Je l'attribue prématurément à la chance alors qu'il ne s'agit que de statistique. Passant autant de moments à la plage, je force le hasard de trouver plus de bouteilles que les autres, j'impose aux probabilités d'être de mon côté. J'en veux un maximum, voire je les veux toutes. L'idée même que l'une d'entre elles puisse échapper à ma vigilance m'obnubile.

Ma première bouteille étrangère, enfin première lisible, a traversé l'océan Atlantique, un périple de plusieurs milliers de kilomètres. Jetée de Cuba deux ans plus tôt par un homme vivant en Floride. Son petit rituel à lui, à chaque croisière il jette une bouteille. Un message rédigé à l'encre bleue, sorte de carte postale adressée à la Providence. Sensible aux habitudes, je ne peux qu'être émerveillé par cette manie poétique.

Avant de découvrir cette histoire, je traduis, un à un, les mots dans le grand dictionnaire. J'en reconnais certains, entendus dans les leçons de l'école ou les vinyles de maman, elle préfère la chanson française mais possède quelques titres en anglais. Reconstituer des phrases venues d'une langue étrangère est une réelle énigme de décryptage, un jeu de piste entre deux cultures dont je ne maîtrise pas encore tous les secrets.

Fixant le globe, je rédige ma première réponse, seul. Il faut s'appliquer, recommencer maints brouillons, tenter plusieurs écritures, tester différents crayons. Je reprends l'idée de la maîtresse et insère ma lettre dans une enveloppe en forme de bouteille. En la glissant dans la grande boîte de la poste, j'ai la palpitante impression d'expédier un message au Père Noël.

Ce soir-là, je m'endors en contemplant ma collection grandissante et tous les rêves qui s'en échappent, l'odeur de la mer vient titiller mes narines, mieux que le génie des lampes, mes pensées magiques prennent corps sous mes yeux et enveloppent mon âme d'imaginaire.

24.

Quelquefois, de belles intentions naissent de maladroites idées.

La maîtresse s'imagine me faire plaisir, spontanément, c'est ce que je me dis. Ça me touche. Pas très longtemps, mais ça m'émeut de croire qu'elle pense à moi. Elle lance l'idée d'une sortie scolaire. Nous irons tous ensemble passer une journée à l'océan. L'occasion de poursuivre notre étude, sur le terrain, de la géographie du littoral. Quant aux courants marins, elle veut les expérimenter en jetant des bouteilles.

Plus elle présente son projet, plus je me referme, aspirant à me réfugier tout au fond de ma coquille.

Elle me vole mon truc à moi, le seul domaine où je suis pleinement heureux. Elle encore, pourquoi pas, mais les autres. Ils vont venir chez moi, sur mon territoire, piétiner mon refuge, mon intimité.

Abattue, la maîtresse ne comprend pas ma réaction. Elle cherche du regard une approbation qui ne vient pas. Les jours suivants, je me replie sur ma chaise, tentant de disparaître à l'intérieur de ma veste. Je fuis les éventuelles questions. Elle profite de la récréation pour venir m'aborder, elle sait que j'y suis seul. Elle s'assoit à mes côtés, sur les marches, sous le préau.

« J'espère que tu seras mon coéquipier pour la sortie de demain, tu veux bien ? »

Il m'est inconcevable de ne pas lui apporter mon aide. Cette alliance pourrait me permettre d'appréhender plus sereinement le jour suivant. J'ai au contraire la sensation d'un piège qui se referme sur moi, de sables mouvants qui avalent tout mon monde.

La nuit est aussi longue que la liste des pays du globe que je connais désormais par cœur. Je peux, à l'aube du jour, reproduire à main levée chaque détail de la carte. Maman jette un regard distrait sur mon dessin, le pose étourdiment sur la table de la cuisine, c'est bien, c'est bien. Me réexplique le contenu de mon sac à dos, de mon pique-nique, de mes affaires si j'ai froid, si je suis malade, si, si. J'ai l'impression de partir loin, dans un lieu inconnu et pour longtemps.

J'aurais tant aimé lui crier : « Mais maman, je connais cette plage mieux qui quiconque ! »

Je me contente d'un merci.

Tout le monde est d'une exemplaire ponctualité. Le troupeau sonore attend déjà dans la cour lorsque j'y pénètre. Maman tire une dernière fois, de toutes ses forces, sur le lien de ma capuche et me laisse rejoindre le groupe. J'ai envie de me retourner, de lui dire ne me laisse pas. Je monte dans le car et me concentre sur mon toc-toc, tout le trajet, ignorant le chant de Santiano fredonné en boucle par les enfants. Hissez haut.

Elle disparaît en une inspiration, l'angoisse. Je suis, non pas en terrain conquis, mais en Terre promise. Le vent m'enrobe de sa vivacité et me porte toute la journée. Je fais ce que la maîtresse attend de moi. Je parle, sans m'en rendre compte, sans trop d'hésitations, sans trop buter sur les mots, sans même les chercher puisqu'ils me sont familiers, je parle, envolé mon toc-toc, je parle. Je montre, commente, explique, la faune, la flore. Et, j'avoue, avec un indiscutable plaisir. Constater que certains reconnaissent des coquillages ou des plumes que j'ai apportés à l'école est jubilatoire. Et plus encore de les surprendre à ramasser des objets.

Ça ne me dérange pas, bien au contraire, peut-être allaient-ils ainsi mieux me comprendre.

Je suis fier de guider la classe. Surtout au moment du lancement des bouteilles. Je connais précisément où arrivent les plus hautes vagues, où circulent les courants et mon entraînement à réintroduire les animaux me procure une réelle dextérité. C'est naturellement moi qui ai le privilège de jeter les bouteilles, toutes. Je dis naturellement, mais ce n'est pas de mon fait. Les enfants me laissent ce plaisir tant il apparaît comme une évidence.

Ils m'encerclent, ils m'encouragent.

Jour de gloire.

25.

Maman a invité un drôle de type à la maison. Elle qui n'aime pas recevoir, encore moins des inconnus. Étrange. Je le trouve très à son aise. Sa façon de s'affaler dans le canapé, de saisir son verre à pleine main, de défroisser instinctivement les plis de la nappe, sa désinvolture, ses questions murmurées, son portable toujours agrippé avec cette lumière rouge qui clignote. Étrange. Tout prouve qu'il connaît les lieux. S'il n'était pas si jeune, je pourrais croire qu'il est l'amoureux de maman. Aujourd'hui, je sais que ce n'est pas une question d'âge, ces histoires-là.

Ensemble, ils passent du temps dans le seul endroit de la maison qui m'est interdit. Ce lieu sombre, hanté par les souris, empli de poutres poussiéreuses, encombré de caisses. Maman astique la maison avec tant de minutie qu'elle a bien le droit de négliger une pièce inhabitée.

Il peine à redescendre par l'étroite échelle de meunier avec une vaste malle en bois aux poignées en cuir. Il a les genoux pliés, le dos voûté, les bras crispés, elle doit être fort lourde de souvenirs (ou de déguisements ou de trésors), cette malle.

Maman le regarde partir, dissimulée par les voilages de la cuisine. À sa façon de poser sa main sur le tissu pour retenir le rideau, je perçois de la mélancolie, ce geste-là, infime, est empli de spleen. Je n'ai pas besoin de croiser son regard pour le savoir embrumé.

Plus tard, à table, je risque un :

« C'est qui le monsieur de tout à l'heure ? »

Je n'ai le droit qu'à un prénom. Mais un prénom, c'est presque tout.

« Vincent. »

26.

Bien sûr, lancer ces bouteilles à la mer avec la classe est un plaisir, celui de montrer aux autres ce dont je suis capable, mais le vrai plaisir, le plaisir réel, celui qui fait frissonner le cœur, est de trouver, de ramasser, non de jeter.

J'ai recroisé la vieille dame, Félicie, la chercheuse d'or.

« Comme tu as grandi, petit ! Comment tu t'appelles déjà ?

– Lucien.

– Viens par ici que je te fasse un bécot ! »

Elle me fait une bise toute mouillée, ma joue dégouline d'une bave que je m'empresse de frotter de la paume de ma main.

Tandis qu'elle me montre ses trouvailles du jour, je lui raconte des histoires. C'est à mon tour. Je crois que mes récits lui procurent de la joie, voire un peu d'admiration. Son visage se plisse, de la bouche à ses yeux, elle accroche mon épaule de sa main recouverte d'une mitaine crapoteuse dont s'échappent des méandres d'ongles. Elle adoube ma démarche.

« Bientôt petit, des constellations verniront ton regard ! »

Elle me recommande de creuser.

« Ne te contente pas de la surface des choses, les profondeurs sont pleines de surprises ! »

Je suis son idée, cette idée-là aussi, elle est toujours de bon conseil. Après avoir calculé où pourrait se réfugier une bouteille portée par les grandes marées, je trouve le bon endroit. Je suis une petite taupe que l'on peut pister à ses monticules et je sens le regard de Félicie au loin alors que je fouille le sable.

Elle est là. Elle s'est abritée sous une épaisse couche de sable, ensevelie depuis très longtemps, sous des strates de couleurs. Elle vient d'un lieu inconnu, une île au nom de Jouvence, Terre-Neuve. Je cours à en trébucher.

« Regardez, Félicie, regardez ! Vous aviez raison ! »

Il est ardu de la localiser sur mon globe, cette province au large du Canada. Des milliers de kilomètres, des milliers. Un vertigineux chemin parcouru. Maman aussi est impressionnée par ce périple, sans aucun moyen de locomotion, sans aucun réseau. Pas de transport, pas de technologie. Un message qui a surfé sur la nature.

À l'intérieur, une petite lettre rédigée à la main, d'une fine écriture de pattes de mouche.

Une nouvelle énigme, une nouvelle traduction. Un marin, un pêcheur de crabes. Avant son départ à la retraite, lors de sa dernière année, à chaque trajet, il a lancé une bouteille. Une centaine de messages, tous différents, autant de traces de son passage. Un au revoir à la mer qui l'a fait vivre. Un merci de Petit Poucet.

Quelques mois après ma réponse, je reçois une carte. Elle est en papier bristol, assez épais, une impression standardisée, quelques remerciements d'usage et des statistiques sur le taux de retour, plus de quatre-vingts pour cent. Je pourrais être déçu de l'impersonnalité de cette enveloppe. Bien au contraire. Elle émane du fils du pêcheur de crabes, entre-temps, son père est mort.

Et jc sais cc que c'est.

27.

Les autres nous l'envient. Ils profitent de la moindre porte entrouverte, dressent leur nez en l'air, se mettant sur la pointe des pieds pour atteindre la partie vitrée, trouvent des prétextes fallacieux pour y pénétrer, un livre à emprunter, un message à transmettre. Il faut dire qu'elle commence à être agréable, la classe. Décorée avec tous les trésors de la plage, les cartes des courants coloriées, les photos de notre sortie scolaire. On a l'impression de ne plus être à l'école.

On attend toujours une réponse à nos bouteilles. Habitués aux messages instantanés, les enfants trépignent. Il faut que je leur dise les vertus de la patience, la mer fait son œuvre, donnez-lui le temps, rien ne presse. Le retour, s'il parvient, n'en sera que plus savoureux.

Comme pour détourner leur attention, la maîtresse suggère d'installer un aquarium. L'exaltation de la classe est aussi grande que ma consternation. Enfermer la nature vivante dans un espace aussi exigu. L'hérésie se poursuit jusqu'au choix du contenu. Rouge, j'ai entendu rouge. Un poisson rouge, l'océan réduit à un objet de kermesse. Ridicule.

Ridicule. C'est le mot que je prononce tout bas. Malgré mes murmures, tout le monde l'entend. Je ne peux me mettre le groupe à dos et jouer les rabat-joie. Je propose une alternative, un bassin de passage. Un lieu confortable avec des algues, de la roche, où nous pourrions recueillir quelques jours, à tour de rôle, par exemple, des crevettes, des étoiles de mer, des crabes, des bernard-l'ermite. J'anticipe les mauvaises blagues, pas pour les manger, non, pas pour les manger, simplement le temps de les observer vivre, avant de les replacer dans leur habitat naturel. Chacun devra rechercher un élément de notre gîte marin. Les meilleurs devoirs de toute ma scolarité.

28.

Chaque fois sur la plage est une nouvelle fois, chaque nouvelle découverte est une découverte d'un nouveau monde.

Ma quête de bouteille est l'occasion, étape après étape, de mieux connaître le globe, de découvrir des contrées éloignées, des langues parfois inconnues qu'il faut interpréter. Je crois que c'est aussi moi que je traduis. J'explore mon rapport à l'autre, qu'il soit objet, décor, atmosphère, vivant, humain. Plus je progresse, plus je me rapetisse.

Un lambeau dans le cosmos.

Celle qui me fait ressentir cela plus que tout, la bouteille de la Nasa. La célèbre agence scientifique américaine, la vraie (la vraie !). Je suis transporté dans un film d'agent secret, de l'autre côté de l'écran. Je traverse la projection, bascule dans un tournage de cinéma, sans effets spéciaux. Un message interstellaire des années soixante-dix aux visées scientifiques. Je demeure en apesanteur, les joues rose-pourpre, la tête dans la lune, les pieds sur les nuages.

J'ai beau me montrer discret, l'extraordinaire découverte trouve rapidement écho.

Un journaliste veut me rencontrer, il veut connaître mon histoire. Je ne sais pas pourquoi j'accepte, je pose ma condition, indérogeable : rendez-vous à la plage. Il comprend très vite qu'il devra m'extirper chacun des mots de la bouche. Il n'écoute que ses questions, il s'agace du sable sur ses chaussures italiennes, du vent dans le flou de sa mèche effilée, de mes toc-toc, de maman juste derrière. Il ne reste plus de temps pour la photo. Face à l'océan, aveuglé par le flash, capuche vissée, visage grimaçant, bouteille tenue en trophée.

« Allez, tiens la plus haut, encore plus haut, imagine que tu es à la cérémonie des Oscars ou à la remise de la Coupe du monde ! »

L'article fait le tour de mon village, des alentours et des parages lointains.

Je deviens le petit martien. Lulu le petit martien perdu dans le cosmos.

29.

Sans cesse, maman veut aérer ma chambre. Je crains que ne s'envolent mes trésors et surtout leur parfum, le parfum iodé de la mer. À l'instar des enfants qui n'aiment pas laver leur doudou pour que son odeur particulière, rassurante et familière ne disparaisse pas. Dans mon cocon, j'apprécie cette sensation d'être en permanence à l'océan. Parfois, je cède à maman.

C'est en ouvrant la fenêtre de ma chambre, entre le linge qui sèche au grand air (qu'importe la saison, c'est dire si le vent est la meilleure essoreuse qui soit) que je l'ai vu arriver, enfin revenir. Ce Vincent.

Les cheveux en castagne et la démarche nonchalante d'un cow-boy victorieux, il traverse l'allée, avec dans les bras la malle. Il n'a pas le temps de sonner. Ça veut dire que maman guette sa venue. J'ai beau tendre les deux oreilles, je n'entends rien d'autre que le son crépitant de la musique. Même entre les silences, il n'y a pas de mots. Je sors sur le palier sur la pointe des orteils, m'assois sur la plus haute marche de l'escalier, étire mes lobes. Motus.

Jusqu'à ce que maman m'appelle. Je descends l'air de l'air de rien et vois aux traces noires sous ses yeux qu'elle a pleuré.

« Viens, Vincent a un cadeau pour toi. »

Qui est cet inconnu qui m'offre quelque chose ? Louche. Je n'ose pas avancer. J'ai l'impression d'un piège. Avec méfiance, je finis par prendre place sur le canapé, gardant mes mains agrippées aux bords arrondis et mon regard cramponné à maman. Il y a non pas un, mais deux, deux paquets.

« Tiens Lucien, un pour maintenant, un pour quand tu voudras, quand tu voudras savoir. »

Je ne comprends rien. Les traces de maman dégoulinent. J'ai l'impression que des algues noires lui gouttent sur les joues. Le décalage entre la profonde tristesse qui règne dans l'atmosphère et les deux présents qui trônent sur la table basse me tétanise. J'ai envie, à mon tour, de pleurer. Pleurer comme maman. Je me retiens. À force, mes larmes tombent à l'intérieur, dans ma bouche, tout au fond de ma gorge, à l'endroit du toc-toc. Je sens que ça va déborder et pleurer en dehors.

Pourtant, on ne pleure pas pour des cadeaux. Ça doit être une fête, ça doit être joyeux. Moi qui en reçois si peu, je préférerais un feu d'artifice de paillettes colorées voltigeant haut dans le ciel au son de bouchons pétillants.

Mes yeux ping-ponguent entre les larmes de maman et le deuxième paquet, celui pour quand je voudrais savoir. Bien sûr, c'est lui que je regarde fixement. Savoir quoi. Je veux tout savoir, tout de suite. Pourquoi attendre. Pour quoi attendre.

« Ta maman t'expliquera, après mon départ. C'est une histoire entre elle et toi. »

Il me tend le paquet pour maintenant. Mes doigts se figent dans le tissu du canapé, impossible à libérer. Il finit par le poser sur mes genoux. À sa forme, son poids, je sais qu'il s'agit d'un vinyle. Délicatement, je déballe le papier kraft, soulevant les bouts de scotch un à un, sans déchirer. Le groupe porte un nom effrayant, ce qui ne me détend pas, bien au contraire : Police.

« Il devrait te plaire ! »

Mes yeux lancent des SOS à maman. Elle ébauche un sourire contenu. Je retourne la pochette. Il me suffit de lire le titre du premier morceau pour comprendre. Il semble avoir été écrit pour moi. J'en connais aujourd'hui les paroles par cœur. Je suis ce solitaire, je suis ce naufragé de la vie.

Just a castaway, an island lost at sea
Another lonely day, no-one here but me
More loneliness than any man could bear

Depuis ce jour, il m'accompagne, lui, ses quelques accords reconnaissables dès les premières mesures, et la voix caressante de Sting.

Message in a bottle.

Avant que Vincent ne s'en aille, j'ai l'audace de lui demander :

« Vous êtes qui ? »

Il aurait répondu personne, je l'aurais cru.

« Un artisan. »

Je l'imagine en boulanger, menuisier, plâtrier, chocolatier. Rien ne correspond aux étiquettes qui défilent dans ma tête. Il ne rentre dans aucune case. Un peu comme moi.

« Je suis un artisan des souvenirs, une plume, au service des mots des autres. »

Je commence à l'aimer ce Vincent.

Il est de ces gens-là, de ces gens de passage, à l'empreinte fragile, aux traces qui s'effacent aussitôt esquissées et qui pourtant bouleversent.

Parfois les inconnus chamboulent nos vies. Parfois le fugace se fait tenace.

30.

Depuis l'article où je suis devenu Lulu le petit martien, je reçois des lettres. Des courriers lointains qui me disent leur émerveillement. Je suscite questions et vocations.

Mon esprit vagabonde dès la boîte de la factrice, mes contemplations s'ancrent au bout du jardin, pas autant qu'à l'océan, bien évidemment, mais j'élargis mon terrain de rêveries : plage, chambre, boîte à lettres, classe. L'univers se dilate.

Parmi les enveloppes, il y en a une décorée avec soin aux timbres colorés d'oiseaux exotiques, à l'intérieur, une longue lettre d'un Néerlandais, écrite à la machine.

Incroyable. Il s'agit d'un collectionneur. Il me raconte sa rencontre avec le hasard. Un jour où il marchait sur la plage, après une grande marée, il lui a apporté trois bouteilles. Trois ! Je suis ébloui par ce cadeau providentiel à l'origine de sa passion. Inouï, les trois répondent à son courrier. Quelle joie ! Il rapporte maintes anecdotes fourmillantes de détails de ses promenades au gré des tempêtes, dont cette fois où il trouve trois bouteilles provenant du même lieu. Trois ! De nouveau trois ! La chance est décidément de son côté. Autant de surprises doivent être inscrites quelque part, sur le grand rouleau de la vie.

Je suis entraîné dans un tourbillon d'histoires, je papillonne au milieu de ses milliers de bouteilles, de ses centaines de réponses en retour, de ses dizaines d'amitiés engendrées. Je deviens étourdi par l'émotion des récits qu'il m'offre.

Cette lettre, que je tiens pour un conte, pourrait me décourager, rendre insipide ma quête. Je suis au contraire ravi de savoir qu'à l'autre bout du globe un autre homme récolte lui aussi les fruits de messages. Il exacerbe mes envies, loin d'une défiance pour égaler mon maître. Je suis excité à l'idée de lui répondre, qu'il devienne mon ami à moi, petit padawan.

Je croyais être le premier à avoir cette idée de collection. Finalement, nous ne sommes jamais les premiers. Même si moi, contrairement à lui, j'ai dû chercher, me creuser et la tête et le sable pour trouver ce projet. La vie se charge de ces remises en perspective. Nous marchons toujours dans les pas inconscients de quelqu'un qui nous précède. Nous ne sommes jamais vraiment les premiers.

Je brûle d'envie d'une rencontre avec lui, Ferry, cet homme au prénom étrange, aux mille histoires, de l'entendre me narrer ses aventures, de voir ses bouteilles. J'imagine une incroyable maison remplie de trésors, une vaste cave à vin souterraine avec des bouteilles en verre, de toutes tailles, de toutes formes, de tous types d'alcool, de nectars, de breuvages, vides, vides de boisson mais pleines de vie.

31.

Ce n'est que plus tard, bien plus tard, que je découvre ce que contient l'autre paquet, celui pour quand je voudrais savoir. Il y en a eu des nuits d'insomnie, des nuits impossibles à compter, quand pèse l'obscurité sur les paupières, des nuits à lutter jusqu'à se laisser écraser par le noir, quand gagne la peur.

Parce que bien sûr, après le départ de Vincent, maman ne m'explique pas, ne me dit rien. Attend-elle une question de ma part ? Elle est déjà si triste que je ne veux pas aggraver sa peine, je n'ose pas lui demander, de crainte de voir à nouveau le noir pleuvoir sur ses yeux.

Lorsque Vincent quitte la maison, les mains vides, maman prend le paquet et le range dans sa chambre. J'ai l'impression qu'elle me confisque un cadeau en le remplaçant par des silences. Je suis à nouveau enfermé dans cet ordinaire muet des dominés.

C'est un jour où je suis encore malade qu'elle me le dit. Je suis alité, envahi par une écœurante nausée, la bouillotte en tricot contre mon pyjama, les draps transpirants, la chambre embrumée. Elle s'assoit à mes côtés, sur le petit marchepied qui me sert à attraper les objets en hauteur, et me le dit, comme pour que j'aille mieux, comme pour me guérir, ou parce que la fièvre et la moiteur de mon esprit m'empêchent de commenter, de questionner, au-delà de ses révélations.

Le lendemain, je crois à un rêve, une hallucination maladive. Mais à sa façon de se mouvoir, à la soudaine légèreté du pas de maman quand elle se déplace dans la cuisine, je comprends que c'est vrai, qu'elle s'est soulagée d'un secret, délestée d'un fardeau.

« Le deuxième paquet de Vincent renferme un livre, un livre écrit par lui. C'est pour plus tard, pour quand tu seras grand. Il raconte la vie de ton père. »

Je suis déjà grand. Je prends certes peu de centimètres, en hauteur, en épaisseur, mais je suis grand.

J'ai grandi avec, non pas l'absence, mais la non-existence, la non-vie. Il ne me manque pas puisqu'il n'existe pas, n'est jamais nommé, même pas effleuré. On ne peut ressentir le manque de ce que l'on ignore. Avant de découvrir le miel de sapin, il ne me manquait pas, je pouvais prendre un petit déjeuner sans regretter qu'il ne soit pas sur la table ; aujourd'hui, mes tartines sont fades dès que le pot de ce nectar ambré est vide. Mais avant, je ne savais pas que les abeilles fabriquent du miel de sapin, je ne connaissais d'ailleurs ni le miel ni les sapins.

Il y a eu un homme dans la vie de maman, avant moi, un homme qui a fait que je suis là, que j'existe, mais c'est tout, juste un concept abstrait. Jamais elle ne m'en parle, jamais je n'ai posé de question. Je sais qu'il a bien dû être réel, à l'école certains enfants ont des papas, à la sortie du portail, à la kermesse, dans les conversations que j'entends. Les papas, ça existe chez les autres, comme les grands frères. Tant de choses existent seulement chez les autres que je ne peux me permettre de m'attarder.

Maintenant, je sais que la malle au grenier contient des souvenirs de lui, maintenant je sais que le livre de Vincent contient l'histoire d'un homme qui est mon père.

Pour le moment, je n'ai pas l'envie de la connaître, cette histoire avant moi, avant ma naissance. Je me suis construit sur un vide, mes fondations sont creuses, suspendues dans un néant. Nous ne sommes pas seulement notre mémoire, nous sommes aussi nos oublis, les trous de notre mémoire, nos absences, nos comblements, la fiction de ces comblements.

La vérité, avons-nous envie d'elle, besoin d'elle. Je ne crois pas. Il n'y a qu'une vérité, celle que l'on s'invente, chaque jour.

32.

C'est au moment de l'escale des majestueuses bernaches, lorsqu'elles volent en V en rasant les flots, embrassant la mousse de la langue des vagues, ou peut-être pas, je ne sais plus, ce n'est pas important. Du tout. Mais j'aime l'idée que ce soit à cette période-là.

La maîtresse nous démontre à nouveau son super-pouvoir de passer à travers les murs. Elle abolit les frontières entre la vraie vie et la vie de l'école. Je mesure ma chance de grandir dans cette région, d'avoir cette sensation d'être en permanence en classe de mer, j'imagine la vie chagrine des enfants des villes et des montagnes qui ne peuvent partager tous ces moments à l'océan.

Elle nous annonce une nouvelle activité qui nécessite que nous retournions sur le littoral. Malgré les « encore » blasés, elle nous explique que nous allons créer des œuvres, inventer de l'art, fabriquer des tableaux à la manière de, à partir d'objets ramassés sur la plage. Yeux de cartoon, sourires pantins, les enfants sautillent d'impatience.

Elle ne s'attend pas, la maîtresse, à ce que les enfants ramassent autre chose que des coquillages, du bois flotté et des plumes, elle n'a pas prévu qu'ils récoltent, comme moi, tout et n'importe quoi, sans trier. La jeunesse du regard voit la beauté partout, même là où la norme nous dit qu'elle n'est pas. Pourquoi une capsule rouillée serait-elle moins jolie qu'une étoile de mer ?

Cela contrarie ses plans. Nos productions seront-elles à la hauteur de ses espoirs ?

« Je souhaite que vous utilisiez les ressources du territoire, pas que vous ramassiez des déchets ! »

Le mot vient d'être prononcé. Les enfants, les autres, l'entendent à peine. Pour moi, il sonne comme une sentence, irrévocable, une faiblesse, au revoir. Le mot me fait l'effet d'une gifle en plein cœur, un bandeau que l'on vient brutalement de m'arracher des yeux, d'un coup sec, avec les cils. Aïe. Déchets. Les trésors de mon cabinet de curiosités sont des déchets, des objets rejetés, sans valeur, des débris inutiles destinés à être éliminés. Je me serais bien passé de cette révélation. Tout ce que donne l'océan est beau à mes yeux. J'aimerais être une bernache et m'envoler, loin, rejoindre la bande victorieuse des migrateurs.

On installe les tables en îlot, met une nappe, une toile cirée à carreaux, regroupe les tubes de colle et les ciseaux au centre. J'observe les enfants s'affairer, de petites fourmis apparemment désorientées. Et pourtant, ils façonnent en un temps rapide et réjouissant des bonhommes déjantés, des bouquets bizarres, des animaux loufoques, des objets ébouriffants. J'en suis incapable. Je n'y parviens pas.

« Ben alors, Lulu, t'as pas réussi l'activité, qu'est-ce qui t'arrive ? »

Je suis incapable d'assembler des éléments qui pour moi se suffisent à eux-mêmes. Je les regarde, les touche, puis les repose, ils sont des êtres chers, indépendants, impossibles à unir.

« Et si on organisait une exposition pour que toute l'école puisse regarder les tableaux ? »

Leur imaginaire créatif plairait à Dalí ou à Picasso. Il plaît à la maîtresse, c'est déjà un bon début. Je suis fier d'eux (ça n'engage que moi). Je les vois différemment, ils sont capables de talents insoupçonnés, je suis ému par leur poésie surréaliste. Derrière chaque élément de leurs réalisations surprenantes, je revois une pièce du littoral et je rêve, dérouté, à la nouvelle vie de ces objets délaissés désormais sublimés, innocemment sublimés.

33.

Entre-temps, ma collection a grossi, j'en ai des kyrielles d'histoires à raconter au maître des collectionneurs, Ferry, une ribambelle de récits plus longue que le chapelet de maman accroché au mur de sa chambre.

Je ne veux rien oublier, tout lui dire dans ma lettre. Mes carnets de notes sous les yeux, je prépare un plan. Dans quel ordre lui exposer tout ça, suivre la chronologie, organiser par thème. Mes brouillons aux fourmillantes ratures ressemblent à des manuscrits d'auteurs du siècle d'avant avant.

Il y a cette bouteille contenant une enveloppe pour la réponse, non pas affranchie mais accompagnée d'un dollar pour payer le timbre, il y a cette carte de Noël nichée au milieu d'une guirlande rouge et charnue, celle emplie d'amour avec des vœux de mariage, celle vieille de quarante ans avec des photos sépia. Je suis également bouleversé par celle contenant des dizaines de messages en l'honneur d'un homme décédé. Tous ces petits mots d'adieu contenant des détails, anecdotes de sa vie me remuent. Je me dis que j'aimerais que l'on en fasse autant pour moi et me demande aussitôt qui pourrait bien me glisser une pensée. La liste serait trop courte, alors je préfère chasser cette contrariété et continuer mon inventaire. Je poursuis par mes préférées, les envois des enfants. La spontanéité du geste, les dessins, ça me touche, m'attendrit.

Je passe ensuite des heures à traduire, recopier, parfois reproduire, esquisser certains croquis.

Lui écrire est une joie. Elle décuple l'effervescence de mes trouvailles. J'en suis à vouloir dénicher des bouteilles rien que pour pouvoir lui narrer leur histoire.

Au-delà des kilomètres, de la nationalité, de l'âge. Pour la première fois, j'ai quelqu'un avec qui converser, quelqu'un qui parle le même langage, certes dans une autre langue, mais c'est un détail, quelqu'un qui me comprend, sans me voir, sans m'entendre, sans me juger, sans préjugés.

Partager une passion abolit les frontières, toutes.

Je crois que, pour la première fois, j'ai ce qu'on appelle un ami.

34.

Le mot déchet trotte dans ma tête, il s'y est installé et refuse d'arrêter sa danse, une ronde tournicote dans mon crâne : déchet, déchet, déchet…

Il me hante. Cette révélation remet en perspective la vision de mes trésors, mais surtout m'interroge sur ma démarche. Depuis que j'ai entrepris cette collection de bouteilles, certes je ramasse moins, mais malgré tout ma chambre continue de s'encombrer.

Tout ceci a-t-il du sens ? Suis-je en train de piller la plage de ses trésors ou de la nettoyer de ses déchets ?

Mes recherches sur le sujet me conduisent sur des continents de chiffres, de pourcentages, des kilos, des tonnes, des millions, de tout ce que nous rejetons, ordures, détritus, débris. La liste des produits, je la connais déjà, ma chambre en est pleine.

Mes carnets de notes en sont noircis. J'ai envie de les réinterpréter. Les reprendre, un à un. Ils sont une preuve, une trace de cette désolation. J'établis alors mes calculs à moi, de ce que j'ai trouvé. Je passe des heures à additionner le nombre d'objets ramassés, catégorie par catégorie. De naturaliste, je deviens statisticien.

J'en ai la nausée. Et la honte. Cette montagne de produits que nous utilisons, nous, souvent quelques heures, parfois quelques minutes à peine et qui la polluent, elle, la nature, toute une vie. Dans la mer, plus grand qu'un grand pays, flottent nos immondices. Et les poissons, et les oiseaux, et les animaux des mers se nourrissent de notre paresse, de notre vanité.

35.

Bien sûr ce jour-là doit arriver. Je ne l'ai pas anticipé, je ne l'ai jamais imaginé.

On sait que les choses ont une fin et pourtant, lorsqu'elle advient, on est surpris. Cette ignorance n'est pas feinte, elle est la marque d'un refus de voir s'achever ce à quoi on tient.

Alors que les autres l'attendaient avec hâte, alors que je me sentais grand, ce jour-là, celui du dernier jour d'école, du dernier jour définitif, pas pour les grandes vacances, pour une autre école, est une blessure.

Il faut lutter pour ne pas laisser s'évader une larme.

J'ai l'impression d'une trahison, qu'un monde sécurisant me laisse choir, que mon cocon m'expulse de ma chrysalide.

Ce jour-là est une fête pour les autres, tous les autres. Une grande date, une étape. Ce jour-là, les autres enfants sont déguisés. Je ne sais pas pourquoi je ne le suis pas. Est-ce parce que je n'ai pas envie, que maman n'avait pas voulu, en tout cas je suis le seul non carnavalé. Je me souviens de leur légèreté, de leurs costumes virevoltants, et de moi, transpirant sous ma veste, la chaleur de l'été se mêle à l'angoisse pour faire dégouliner mon corps tout entier, mes vêtements collent tant à ma peau qu'ils ne forment plus qu'un. Je ne suis plus qu'une seule et même chair d'anxiété. Visible. Je me souviens que je me dis que ça ne peut pas s'arrêter, que nous n'avons pas encore eu de réponse aux bouteilles, qu'il faut rester au moins ce temps-là. Je crois que cela ne préoccupe que moi. Je me souviens que sur les bureaux les bonbons remplacent les crayons. Je me souviens qu'au tableau les chansons remplacent les leçons. Je me souviens des affiches enlevées, des chaises empilées au fond, des cahiers sans leur protection. Je me souviens du vertige, de cette fille, un collier de fleurs autour du cou, qui me prend la main pour entrer dans la ronde.

« Viens danser, Lulu ! »

Même si la moiteur me fait décliner l'invitation, dans ses yeux espiègles, pour la première fois, furtivement, je crois que je suis beau (j'aurais bien envie de lui faire un bécot, comme Félicie, mais sans la bave).

Je me souviens du bouquet de fleurs des champs pour la maîtresse, si gros qu'on ne voit plus son visage. Je me souviens qu'elle pleure, que ça m'a fait plaisir qu'elle soit triste elle aussi de nous abandonner. Moi, je suis triste de la quitter, elle et toutes les autres.

C'est la fin des maîtresses.

36.

La lettre suivante, de mon ami Ferry le collectionneur, commence par « Mon cher Lucien », puis il s'excuse de sa lenteur, la faute à ses deux index seuls capables d'affronter la machine à écrire.

Son contenu vient confirmer mon cheminement.

Il me fait part d'un constat. Il trouve parfois plusieurs bouteilles le même jour, puis rien pendant des mois, en moyenne vingt-huit virgule cinq par an. Depuis quelque temps, c'est la crise, sa collection est en péril, cette année il n'en a que peu récolté. La baisse drastique est-elle liée à l'arrêt de la correspondance épistolaire ? Les ondes ont-elles remplacé le papier ? L'écriture est-elle menacée ? Ces questions n'arrêtent pas pour autant notre chasse aux trésors, qui s'apparente à une chasse aux dinosaures. Nous avons parfois le sentiment d'être les derniers participants d'un jeu désuet et agonisant.

Il a joint une photo de sa collection. L'ensemble abondant est grandiose, semblable aux tableaux de Jérôme Bosch, obscur et bourdonnant d'informations, on n'a qu'un désir, s'emparer d'une loupe pour en sonder les moindres détails.

J'ai envie de lui raconter un peu de moi. Puisque c'est mon ami, je le peux.

Je lui parle de mon prénom que je n'aime pas, je lui demande si lui aussi, avec son prénom de bateau de grandes traversées, il a déjà eu envie d'en changer, si les gens se moquent de lui. Je lui parle de ma passion pour les mots avec des *y*, et que du coup j'aime bien son prénom à lui parce qu'il y a un *y* et même s'il est étrange cette lettre le rend beau (j'ai envie d'ajouter que j'y vois un signe mais je ne le fais pas). Je lui parle de la fille mutine qui m'a pris la main le dernier jour d'école et que j'ai eu envie d'embrasser, du miel de sapin au petit déjeuner, du dernier Jules Verne que j'ai lu, de maman qui bride mon corps, me coupe les ailes. J'hésite à évoquer Vincent. Pas encore, c'est trop tôt, ça sera pour une autre fois. Je fais aussi part de mes calculs de déchets et de mes statistiques sur le dramatique plastique, j'ai compté, il y en a plus que d'étoiles dans la galaxie.

Hélas, l'homme, à la mer, ne lance pas que des bouteilles.

Et pourtant, ce sont des offrandes que l'on devrait présenter à l'or bleu.

Mon été s'écoule ainsi. Entre correspondance et recherches, non pas « de » mais « sur » les déchets, entre collecte et rêve de Ferry.

37.

Alors que le tourbillon des élèves m'emporte devant le portail, je vais de découverte en découverte. Maman n'a pas pu passer l'entrée, les institutrices ont changé, de noms, fini les prénoms, de sexe aussi, enfin des hommes, les salles sont différentes, froides, impersonnelles, et nous devons en plus en changer à chaque fin de cours, les couloirs s'étirent à perte de casiers, la récréation a presque disparu, la nourriture aseptisée laisse penser que nous sommes tous malades (et ça doit être grave parce que c'est dégoûtant).

Je fais aussi la découverte de l'anonymat, ce qui me va très bien. Les élèves portent presque tous le même uniforme, même jean, mêmes baskets, même sweat, même sac à dos. Les profs ne nous regardent pas, ou moins. Je peux enfin me fondre dans la masse. Ici, c'est même recommandé. Nous ne sommes plus des enfants.

L'entrée officielle dans l'adolescence est la perte de la surconsidération et la fin du rythme lent. Je me dis que c'est mieux. Je vais peut-être rencontrer d'autres jeunes qui me ressemblent, je mise beaucoup sur cette érosion du décalage avec mes semblables pour enfin connaître cette complicité légère qu'ont les amis.

Je suis rapidement déçu et ne conserve aucun souvenir de mes années collège. Aucun, pas un moment, pas un nom, pas même un visage. On est obligé d'oublier. L'oubli est nécessaire à la vie, au faire, aux pas qui avancent. Sinon on patauge, on stagne, on s'enlise. Sinon les sables mouvants des souvenirs recouvrent de leur mélancolie le quotidien et ternissent les beaux jours.

Il faut attendre le lycée pour que réellement je parvienne, non pas à me faire comprendre, mais à me faire accepter de l'autre. Il faut attendre pour que mes manies et mes tocs s'envolent. Il faut attendre pour que mes questions se muent en affirmations.

38.

Certes je suis devenu moins enthousiaste lorsque je trouve une bouteille, je pense bien plus à ce que je vais pouvoir dire à mon ami Ferry le collectionneur qu'à la joie qu'elle me procure. Et c'est un autre jour comme celui-là que je tombe sur un flacon. Il m'intrigue, il contient une petite clé arrondie. Un message sibyllin, une sorte d'énigme.

Qu'ouvre cette clé ? Que veulent dire ces mots ? D'évidence, il s'agit d'un code secret. J'imagine un rendez-vous galant entre deux amoureux transis, j'imagine une stratégie militaire pour piéger l'ennemi, j'imagine une chasse au trésor avec une malle emplie d'or. Décrypter ce message sera s'aventurer sur les pas d'un nouveau mystère.

Immédiatement, je me demande si je dois évoquer cette trouvaille, à maman, à mon ami.

Cette histoire si incroyable, j'ai envie de la garder pour moi.

« Si vous passez le gué par le contour des pierres,
la rivière qui borne le pré
vous conduira à la clairière,
là s'abrite la cabane dans les hêtres. »

J'ai acquis la maîtrise des cartes. Je repère assez facilement les rivières et les clairières de la région. Le CDI devient mon centre de recherches. Les livres de scoutisme n'ont plus de mystère pour moi, je navigue dans l'histoire, puis la géographie. Des heures et des heures durant, j'observe les lieux vus du ciel, en quête de ces arbres et de cette cabane. J'ai l'habitude des missions impossibles et des tâches besogneuses. Mon regard n'est en revanche pas familier de ces couleurs-là, autant mon œil discerne toutes les nuances de bleu et de gris, autant la plongée dans le vert et le marron est un apprentissage. Je fais aussi connaissance avec la verticalité de la forêt, moi habitué à l'horizontalité de la mer.

Lorsque j'y repense, je suis bien naïf de croire que la cabane puisse se trouver dans le coin. J'en ai perdu tout discernement. Parce que je les connais par cœur, les courants et les lieux possibles de lancement. J'aurais dû savoir. J'aurais dû.

La raison est parfois emportée par des envies clandestines.

Dès que j'ai une piste sérieuse, j'emprunte un vélo que je repose toujours là où le propriétaire l'a laissé, et je parcours la nature sauvage, en friche, l'herbe grasse et la boue collante. Il ne faut pas que je glisse, rentrer à la maison souillé serait source de questions bien trop embarrassantes. Je dois pédaler au bon rythme, vélocement, pour ne pas m'absenter trop de temps, sans hâte pour ne pas me faire éclabousser par la terre vaseuse. J'en prépare des exposés en groupe, des tas, la meilleure des excuses. J'en découvre des cadenas rouillés, des tas, sans jamais en ouvrir un seul. Des cadenas enfouis sous des broussailles de ronces, piquées d'épines, et j'ai la conviction que la nature ne les a pas installées là pour les protéger, mais pour reprendre le pouvoir, sur la main de l'homme, sur les vains murs façonnés, reprendre ce qui lui appartient.

Dans le doute, je ne quitte plus la petite clé arrondie. Elle devient aussi précieuse que l'intérieur de la doublure de ma veste.

Je sais qu'il faudrait élargir mon territoire de recherche. Je sais que c'est impossible, maman prétend encore que le monde est monstrueux.

39.

L'inaccessible quête du message secret, le constat sisyphéen des déchets ont leur incidence. Deux causes, deux effets. Raviver mon envie d'océan. Révéler mon désir de fantaisie. Prendre du recul a ses vertus. Prendre du recul et prendre de la maturité. La double sagesse.

Je regarde la plage le nez rivé tout en bas vers le sol, je regarde la forêt de tout en haut vue du ciel. Je dois me reconnecter, oublier mes obsessions, mes quêtes.

J'ai tout simplement oublié de la contempler, la mer. Je dois apprendre à lever les yeux et garder la tête haute.

J'ai le regard froid, scientifique. Une vie statistique, une vie statique. Toutes mes descriptions sont détaillées, toutes mes probabilités sont rigoureuses. On ne peut toujours mesurer le cadre. Il manque à ces précisions un peu de vagabondage de l'esprit, de poésie. Le Pantone suffit-il à décrire la couleur du ciel et de la mer ? Un peintre n'utilise pas qu'une seule couleur. Il faut ajouter au réel la texture de l'imaginaire.

Je crois décrire le décor, mais en restant neutre je ne perçois que son envers. Un décor, ça se touche, ça se sent, ça s'écoute. Ce sont tous nos sens qui voient. Notre regard nous trompe et nous éloigne. Il faut fermer les yeux pour ressentir l'acuité du monde.

Je suis un promeneur solitaire qui a oublié de se laisser aller à la rêverie, à la contemplation.

Toutes ces étapes sont un passage obligé. Le réveil de la conscience est parfois ensommeillé.

La nature n'est pas qu'un vivier, ni pour moi, ni pour les autres (la vieille dame, les pêcheurs, les estivants, les habitants). Il faut cesser de la dépouiller de sa beauté. Et la chérir à sa façon. Il existe mille manières de l'aimer.

Je pourrais tracer des mots doux ou dessiner sur le sable. Je préfère m'asseoir, être attentif, et attendre le ravissement.

Attendre que pudiquement l'horizon se retire. Attendre la confusion du ciel qui vient enlacer la mer pour ne former qu'un, faire corps, un seul et même élément qui se dilue dans un même lavis. La vie où commence la mer, où finit le ciel. Dans ce monochrome staëlien où l'un est le revers de l'autre, le Janus d'un même paysage.

Attendre la caresse du vent qui d'un battement de vague fait vaciller l'air. Attendre ces vagues qui frémissent et bouillonnent, que de leur sommet, emportée par le vent, vibre l'écume. Attendre ce bourdonnement du soupir d'Éole sur l'océan, la symphonie des éléments apprivoisés. Cette musique des flots, douce, caressant le sable, tonique, touchant les rochers.

Attendre les oiseaux qui tournent, à la cime des pins, dans une ronde endiablée. Attendre le vent qui embrasse le végétal et croire entendre le bruit de la pluie, fine, celle de l'été. Attendre les nuages qui se hâtent de laisser la lumière s'installer, chassés d'un soufflement. Plonger dans ce noyau de lumière pastel.

Attendre le soleil fiévreux, pyromane des soirées chaudes, qui embrasse le ciel, lui déclare sa flamme dans une fête galante. Attendre le soleil couleur projecteurs qui ne se couche pas, qui ne s'en va pas. Il part se lever. Ailleurs. Dans un tout près plein de promesses.

Attendre le silence, le réel qui se dérobe, mon âme qui vacille.

Je suis amoureux.
De cette beauté qui ne s'exhibe pas.
Loin du bling de l'azur.
Pas besoin de soleil doré.
Pas besoin de parasol coloré.
Suffit le bruit des vagues.
Le bercement, parfois violent.
Le charme opère. Envoûtant. Hypnotique.
Pas de tchatcha, pas de métrique.
C'est un tango. Sans règle. Intense.
C'est une beauté brune, brute. Imprévisible.
Qui ne simule pas. Jamais.
C'est une grâce tranchante.
Je suis amoureux, de la mer.

Je suis déconnecté des gens mais pas du vivant, déconnecté des êtres, connecté au monde.

40.

D'habitude, elles sont joyeuses les lettres de Ferry. Celle-ci est pleine d'allusions à un avenir qui ne me plaît guère.

Comme d'habitude il évoque ses nouvelles bouteilles et quelques secrets inavouables des anciennes, comme d'habitude il autopsie la mer et ses rivages, comme d'habitude il blâme la communication actuelle. Pourtant, à la fin, il confesse qu'il est malade, d'un crabe plus indigeste que ceux de l'océan (moi, je ne les mange pas, je les rejette toujours à l'eau, j'aurais dû lui dire de faire pareil). Je sens qu'il faudrait être triste mais je n'y arrive pas, ses mots sont un cadeau. Il souhaite que je prenne soin de sa collection. Ce n'est pas la collection que je veux garder, c'est mon ami.

« Mon cher Lucien, sache que tu es porteur d'un candide espoir qu'il faudra toujours conserver, lui seul sauvera ton âme de la cruauté du monde. »

Elle est nulle, cette lettre, et je refuse de croire qu'il s'agit peut-être de la dernière. Je la regarde avec des yeux noirs courroux, j'ai envie de la chiffonner, de la déchirer, de la brûler, de la faire disparaître de mon cœur. Je ne peux pas, je choisis de la plier, soigneusement, à la manière d'un origami, j'en façonne une barque.

Et je dépose ce bateau de papier à même les vagues.

Mon cœur chavire, mon héritage se noie.

41.

Maman a dû remarquer quelque chose. Ça sent les choses, les mères, ce fameux sixième sens, le sens supplémentaire livré à la naissance. Elle d'habitude si maladroite dans ses perceptions avait vu juste. Preuve que ça doit s'illuminer tout autour de moi.

Les volets sont déjà fermés. Une odeur de tarte émane du four et la table est dressée. D'ordinaire, les repas se déroulent au son des vinyles. Ce soir-là, elle n'en a pas mis. Laisse le silence s'installer. Et parle, comme jamais. Je la regarde, elle et ses mains. Je crois que c'est la première fois qu'elle parle avec ses mains, elles sont fines, nervurées par la vie, ses ongles sont faits et je suis du regard le rouge de son vernis comme un foulard qu'on agite. Elle s'énerve de mon manque d'attention. Je suis suspendu à son doigt, cet index pointé sur la nappe, qu'elle tapote. J'essayais d'y voir un message codé en morse. Plus je cherche, plus elle tapote fort, et finit par rassembler ses doigts crispés dans une boule solide. Elle croit que je ne l'écoute pas. Et elle a raison.

Mes pensées sont ailleurs. Loin.

42.

Mon sac à dos suffit. J'emporte l'essentiel.

Mes trésors immatériels, mes secrets et mes quêtes. Le porte-bonheur de la poche intérieure de ma veste que je prends soin de découdre (adieu les vestes), le vinyle de Police, le livre de Vincent et une cassette enregistrée (elle était glissée dans le paquet), un nouveau carnet vierge, pour y écrire des poèmes, les mots de l'âme complexe de maman qui résonnent chaque jour dans mon cœur, les lettres de mon ami Ferry (celui qui sourit) et la photo de sa collection, la pièce de monnaie trouée de Félicie (protégée par la chance), la petite clé arrondie. Celle qui ouvre aux plaisirs du voyage.

Moi aussi, je veux vivre dans l'immédiateté présente du réel.

Là. Dans le seul présent vivant. Dans la vie qui palpite.

Je suis prisonnier, d'un espace ouvert, d'un territoire. Je dois m'en libérer.

Partir, m'en départir.

Le trahir tout en l'emportant avec moi. Il coulait dans mes veines, est ancré, encré en moi.

Je m'autorise de l'audace, enfin. La vie me regarde.

Et un petit matin sur la pointe des pieds, je m'en vais.

Sans rime ni raison.

Vers la nécessaire utopie du monde.

Je m'en vais.

Inventer ma vie.

Je m'en vais.

Vers la masse.

Sans un mot. Sans me faire remarquer.

Et s'il faut recommencer l'histoire, je réécrirai les mêmes pas dans le sable, j'apposerai mon éphémère empreinte sur les mêmes dunes.

Ça finit comme ça.

Ça ne peut pas finir autrement.

RETRANSCRIPTION DE LA CASSETTE JOINTE AU LIVRE DE VINCENT

Jour 1

« Bonjour Vincent, je peux vous appeler Vincent ?

– Attendez, je monte le volume du son.

– J'ai le trac vous savez. Je suis un peu mal à l'aise.

– Prenez votre temps. Nous avons tout notre temps.

– Je ne sais pas très bien par où commencer.

– Comme ça vous vient. L'ordre n'a pas d'importance. »

Silence.

« Fermez les yeux, revivez votre vie. Au présent.

– Il y a ce concert, un soir d'été, un concert en plein air, en bas du chemin, près de la rivière, tout au bout des ruelles aux couleurs du temps évanoui. Il fait doux, le vent à peine visible, les nénuphars sont en fleur, les libellules bleues dansent déjà. Les groupes se succèdent, l'ambiance légère. La musique envahit l'atmosphère, les notes flottent en l'air. On parle avec des inconnus, on trinque à l'insouciance. Et là, l'inattendu. Lui, là, au milieu des autres. Je me souviens qu'il me demande mon avis sur un groupe, que je ne le connais pas, qu'il rit et que je ris en apprenant qu'il était sur scène quelques instants auparavant. Je ne l'ai pas vu, pas entendu. Il pourrait être vexé. Au contraire, ça lui plaît, je suis un défi pour lui. Pas une groupie comme les autres. J'ai tout à apprendre. Tout.

Vous voulez boire quelque chose, Vincent. Je ne vous ai même pas proposé.

– Pas pour l'instant, merci. Continuez.

– Il me raconte des histoires incroyables, nous passons des nuits sans fin, des nuits à ne pas s'endormir, jusqu'à ce que la lune s'efface, où je l'écoute, jouer, puis parler, de ses concerts, ses musiques, ses rencontres, des nuits à s'enivrer de la frivolité du désir, à sentir s'étirer la chaleur des heures. Je dévore ses mots, ses notes, envoûtée par la caresse de ses doigts sur les cordes. Il est beau, je suis fascinée par ses mains, larges, veineuses, ses mains et la naissance de ses avant-bras, il est beau et fier, telle une fleur d'agave érigée vers le ciel. Il a croisé un nombre d'artistes impressionnant, tourné dans des villes incroyables. C'est un saltimbanque, un homme des routes. Il me parle de vedettes connues. Il me fait planer sur ses rêves. Je suis devenue une midinette. »

Silence.

« La passion a duré. Quelques mois, je crois, je ne sais plus. Il part, revient. Est en retard, oublie. Je vis au rythme de ses apparitions et des repas maintes fois réchauffés. Vivre dans l'attente, la joie de le revoir. Et très vite le rythme de ses disparitions l'a emporté. Je ne suis pas jalouse. Crédule certainement, mais je n'imagine pas qu'il puisse avoir d'autres filles. Bien sûr qu'il y a d'autres filles. Beaucoup. C'est évident. C'est évident aujourd'hui. »

Silence.

« Je veux bien un café, un café noir et serré si vous pouvez. »

Pause.

« On reprend ? C'est donc un artiste ?

– Un musicien. Autodidacte, il n'a pas suivi de cours. C'est un musicien, un instinctif, un musicien de cœur. Des années d'errances, de concerts dans les bars. Vous savez, ces années qui piétinent, n'avancent pas, pataugent, où rien ne se passe. Et un jour la vie se bouscule, touffue, les heures se chiffonnent, le temps se carambole. Sa rencontre avec Serge, ça a été ça, un coup d'accélérateur. Ils se sont connus en arrangeant, à Londres il me semble. Ils aimaient tous les deux le jazz et je trouve qu'il en reste un parfum. »

Bruit de pas.

« Attendez, je reviens. Je vais mettre un vinyle, ça nous mettra dans l'ambiance. »

Pause.

« Vous entendez ? Son sens mélodique, sa façon de jouer avec les dissonances, son sens du raffinement, sa nuance, son élégance. »

Silence.

« Alors il a connu Gainsbourg ?

– Il a connu les trois, Ginsburg, Gainsbourg, Gainsbarre. Il a même logé quelque temps avec lui, dans un petit appartement mansardé, sens dessus dessous. Je vous montrerai, je dois avoir une photo. Quand je vois l'état de la chambre de Lucien aujourd'hui, je sais qu'il tient de son père. Je crois que c'est pour ça que je n'ai rien dit.

– Comment ça, rien dit ?

– Sur le fait que sa chambre soit dans un tel bazar. Il aime tellement l'océan. Qu'importe le temps, qu'importent les saisons, il aime s'y balader et ramasser plein de trésors. C'est un rêveur, comme son père. Parfois il me fait peur avec ses idées loufoques. Je ne voudrais tellement pas qu'il devienne artiste.

– On parle de votre fils, là ?

– Le père ou le fils, c'est la même chose non, le livre, vous l'écrirez pour lui. Je veux qu'il sache. Même si ça n'a jamais vraiment été son père. Être père, ce n'est pas ça, pas que de la biologie, c'est être là, au quotidien. Il ne l'a jamais vu, n'a jamais posé son regard sur lui. Il a découvert mon ventre arrondi quand il était trop tard pour changer d'avis. Il doutait d'en être le père. Ne comprenait pas pourquoi je l'avais gardé. C'est ce jour-là que je me suis rendu compte à quel point notre relation n'avait aucune importance pour lui. J'avais cru que c'était différent, qu'il était différent. »

Bruit de gorge.

« Non. Bien sûr nous nous faisons des promesses, ni vraies ni fausses, mais j'y crois, j'y ai cru. Je ne suis qu'un entracte, une escale. Il est convaincu que d'autres marins s'arriment à moi. Je ne sais pas ce qui me rend le plus triste. La désillusion de mon amour, le fait qu'il me prenne pour une fille légère, qu'il pense que je lui ai tendu un piège pour lui imposer un enfant. Il claque la porte. Et la joie de ma grossesse se transforme en un instant en un fardeau. Il claque la porte, sans prendre le temps de récupérer sa veste, elle restera accrochée au porte-manteau de l'entrée. Elle y restera tout le temps de la grossesse. Ces mois-là sont les pires. Vivre dans l'attente. Sans savoir. Dans l'espoir qu'il revienne, le sourire aux lèvres, les fleurs à la main, qu'il me soulève du sol et me dise qu'il m'aime, moi et notre enfant, pour toujours. Vivre en attendant ce qui n'arrive que dans les films. Vivre avec le poids permanent de la réalité renvoyée par les gens, les autres, leurs messes murmurées, leurs médisances, leurs persiflages, leurs regards détournés. C'est difficile, vous savez, ces rideaux qui se froissent à votre passage, ces conversations qui se figent, ces sourires qui se crispent, ces yeux qui visent le sol. Vivre avec la honte, avec ces riens qui vous condamnent. C'est terrible, le jugement dans les petites villes, il est sans circonstances atténuantes, sans appel. On est coupable. On est la dévergondée, il sera le bâtard. »

Silence.

« C'est de ça que j'ai voulu le sauver. J'ai peur pour lui. Je ne veux pas qu'il subisse ce que j'ai subi. Il a grandi à l'abri du monde et de ses irrévocables sentences. Il a toujours été si chétif. À force de le protéger, je crois que son corps est resté frêle, comme pour passer inaperçu. J'ai le secret espoir qu'il revienne chercher sa veste, lancée à la hâte. Il est peut-être simplement parti acheter des cigarettes et va rentrer. Par superstition, je me refuse à la décrocher. Elle trône là, dans l'entrée. Suspendue par l'épaule, je vois, au fil des mois, les plis se marquer, la poussière s'y déposer, recouvrir les fibres d'une fine pellicule, une buée du passé qui floute nos souvenirs. Je ne la touche pas, je la vois, je sens la brume de son odeur à chaque passage, cette odeur de musc blanc parfume mes journées, et peu à peu elle s'envole. Lorsque Lucien a un an, je comprends que mes prières ne suffisent pas, qu'il faut cesser d'espérer. Je la décroche, et découpe une poche, en souvenir, le reste partira en fumée. J'incinère notre histoire. Dehors, dans un coin du jardin, avec les feuilles mortes. »

Silence.

« La poche, elle n'est pas pour moi, elle est pour Lucien. Son père répète toujours que les mecs qui portent des vestes sont des cadors. Alors je la couds dans ses doublures. Je veux qu'il porte son père en lui, qu'il sente sa présence. Qu'il soit près de son cœur, juste à côté.

Qu'à défaut de se voir, ils se devinent. J'espère cela, fortement. Peut-être est-ce arrivé. »

Silence.

« Vous y croyez, vous, à l'âme des objets ?

– Je crois surtout que c'est pas mal pour une première fois. On s'arrête là, d'accord. On se retrouve demain. »

Arrêt.

Jour 2

« Comment ça va aujourd'hui ?

– J'ai encore les mains moites. La nuit a été difficile. J'ai été remuée par toutes ses images qui refont surface, reviennent chatouiller le présent. Même si j'ai l'impression d'en avoir toujours eu plein les doigts, il y a des choses comme ça qui collent à la peau. Je croyais que ç'aurait été agréable de revivre cet amour, ça ne l'est pas, il me renvoie à ma culpabilité. Je regrette de n'avoir pu retenir cette période plus longtemps, vous savez, de n'avoir pu figer le temps du bonheur.

– Le bonheur se poursuit, se prolonge avec votre fils. Il s'appelle Lucien, c'est ça ?

– Oui, il est dans sa chambre. De le savoir là aujourd'hui me rend encore plus nerveuse. Je sais que les murs de cette maison ne peuvent laisser échapper que des murmures, mais sa présence ajoute du trouble au trouble. Vous voulez le voir ?

– Je ne sais pas si c'est une bonne idée. Pas maintenant. Après, si vous voulez, quand le livre sera fini.

– Lucien, il s'appelle Lucien. C'est important le choix d'un prénom. Il s'est rapidement imposé, je voulais qu'il ait un bout de l'univers de son père, et puisque Gainsbourg est son idole, il porterait la poche de sa veste et le nom originel de Serge. Je me disais qu'ainsi il hériterait d'un souffle de son esprit, je le rêvais élégant, cultivé, inventif. À l'époque, je croyais qu'à son retour il serait fier et flatté de ce choix. Je l'imaginais le faire voltiger haut dans les airs, le faire éclabousser de rire, ensemble ils auraient pu se chamailler, se chatouiller, s'aimer. Aujourd'hui, je ne sais plus très bien si c'est une bonne idée, ce prénom. Il ne m'en parle pas, mais je sens que ce n'est pas simple à assumer. Il est cruel, le regard sur lui, le regard des enfants, des instits, des autres. Ils le prennent pour un inapte à leur vie. C'est pour cela qu'il se terre dans le silence, Lulu, qu'il est inénervable, pour ne pas à avoir à leur prouver quoi que ce soit. Alors il se crée son propre monde. Je me dis souvent que s'il avait été une fille, ç'aurait été plus simple, j'aurais pu effacer plus facilement la page mélancolique de cette histoire. Une fille, elle ne m'aurait pas reflété un passé perdu, nous aurions pu imaginer une complicité, plus grande que celle d'arpenter le littoral, nous aurions pu parler. Oui, avec une fille j'aurais pu parler, avec un homme c'est difficile, vous savez, Vincent.

– Je n'ai pas remarqué, non.

– Je m'éloigne du sujet, n'est-ce pas ?

– Au contraire, nous sommes en plein dedans.

– Je vais chercher le café. Il doit être prêt. »

Pause.

« Et comme ça Lucien aime l'océan ?

– C'est devenu sa grande passion. Au début, je me réjouissais qu'il aille respirer l'air marin, qu'il s'en emplisse le corps, ce corps bien trop fluet pour le sport. Là-bas il est loin, des problèmes, du monde, là-bas je n'ai pas peur, là-bas nous ne sommes pas seuls, la nature nous abrite. Tandis que je foule le littoral, il récolte. Tout ce qu'il trouve, quand je dis tout, c'est tout. Sans exception. Après, il nettoie, range, classe, inventorie, avec méthode et minutie. Jusqu'à l'obsession. Il en tapisse sa chambre et se fixe des objectifs de savant, des missions inatteignables. Ça m'inquiète. Je crois que c'est ce qui m'a décidée à vous contacter.

– Son amour pour la mer ?

– Son obnubilation. J'espérais que ces moments à l'océan nous rapprocheraient, ils nous éloignent. La musique a emporté son père, je ne voudrais pas que la mer s'empare de lui. Qu'elle me le prenne. Je crois qu'il s'est mis des choses en tête et je me dis que c'est à cause de tous ces secrets, peut-être que s'il sait, il sera moins obsédé par ses quêtes farfelues. Je vous ai contacté pour cela, pour l'alléger. Je croyais que vivre avec ces silences, c'était le protéger, me protéger. Les secrets nous font, nous forment, nous façonnent. Ils nous creusent aussi, nous trouent, ils nous rendent forts et fragiles à la fois. Je ne peux pas lui transmettre que de la honte et des soupirs.

– Vous m'avez parlé de photos ?

– Oui, suivez-moi, c'est là-haut. Il faudra être discret. »

Pause.

« Je viens d'aller chercher une malle au grenier. Pouvez-vous me décrire ce qu'elle contient ? Fermez à nouveau les yeux si ça vous aide…

– Une vie. Des articles de presse. Je les découpe, tous. Je suis à l'affût de chaque trace. Ça m'amuse de suivre ses déplacements, ses concerts, ses tournées. J'essaie de le retrouver sur les photos, je lis chaque article qui peut décrire une ville, un lieu. À défaut d'être à ses côtés, je voyage virtuellement. Je retrace son itinéraire sur une carte, j'examine chaque image. Vous voyez, là, il a une nouvelle guitare, je les reconnais toutes, elles sont magnifiques, ses guitares. J'archive avec soin ces coupures. Au début, c'est pour moi, pour nourrir mon amour, après pour Lucien, pour qu'il sache qui est son père. Longtemps j'ai continué à suivre sa carrière, ses conquêtes. J'ai fini par croire tout ce que disent les magazines. J'imagine aujourd'hui le nombre d'enfants qu'il a dû semer aux quatre coins de la rose des vents. Je vis dans l'angoisse de ce moment redouté. J'ai toujours eu peur que Lucien tombe sur une émission, un reportage. Et qu'il comprenne. Je suis convaincu qu'il le reconnaîtrait. Instinctivement. Je n'aurais pas pu cacher mes sentiments, alors je préfère cacher les écrans, contrôler l'information. Ça m'anéantirait qu'il le découvre ainsi.

– Il ne vous a jamais posé de question sur son père ?

– Jamais. Il est curieux, de tout. Sauf de ça.

– Il est peut-être curieux justement parce qu'il ne sait pas ça. Il cherche à répondre à toutes les questions sauf à celle-là. Un jour, il voudra sans doute savoir. Vous m'aviez parlé d'un cliché de lui avec Gainsbourg ?

– Oui, il doit être quelque part. J'aimerais surtout vous montrer une photo. Il y a une photo de nous, la seule de nous, il faut que je la retrouve. »

Bruit de papier.

« C'est le soir de notre rencontre. Regardez, il est là, de profil, au fond, derrière, sous la guirlande d'ampoules, accoudé à l'arbre. On ne sait pas très bien qui soutient qui, d'ailleurs.

– Elle est floue. La robe à fleurs, c'est vous ?

– Oui. Je crois que je l'ai encore, au fond d'un placard, je l'aime bien cette robe, c'est ma préférée avec ces petites fleurs bleues. À l'époque, je portais mes robes courtes et mes cheveux longs. J'ai été heureuse. Vous voyez mon sourire, il n'est pas feint. Dans ma mémoire, il est plus proche de moi, mais c'est bien lui avec sa coiffure emmêlée, il avait toujours les cheveux embroussaillés, collés aux tempes en fin de concert. Dans ma mémoire, c'est vraiment une photo de nous. L'image est imparfaite, le sentiment de ce moment-là aussi. Mon souvenir n'est qu'une illusion, c'est un souvenir factice que je réinterprète.

– Vous savez, on ne photographie que des mises en scène de bonheur. »

Bruit de papier.

« Qu'y a-t-il d'autre ?

– Je crois que je suis fatiguée. Emportez la malle avec vous. Je vous la confie. Je n'ai plus la bonne distance pour regarder tout ça. Je réécris une fois encore le passé et ce n'est pas ce que je veux pour Lucien. J'aimerais que vous rendiez le récit le plus objectif possible, pour qu'il puisse s'y faufiler et réécrire à son tour. »

Arrêt.

Jour 3

« Aujourd'hui, c'est notre dernière entrevue, les tasses sont déjà disposées sur la table et je sens d'ici l'arôme du café. C'est un parfum annonciateur d'un bon moment, presque autant que celui de votre malle prédit le passé. Je n'ai pas encore terminé de l'explorer, je vous la rapporterai une fois le livre fini. »

Bruit de porcelaine.

« J'ai compris, je crois, votre histoire. Ce qu'il me manque, ce sont les origines. Avez-vous des éléments sur son père, sa famille, ses racines, son passé ?

– Rien. Je ne sais rien. Nous ne parlions pas de cela. Seul comptait le présent. Je n'imaginais pas lui poser ce genre de questions, je n'imaginais pas lui poser de questions.

– Et vous, je ne sais rien de vous.

– Je ne suis pas douée pour les confidences.

– Lucien aura peut-être envie de savoir. Il ne vous interroge pas verbalement, mais il se demande, ou se demandera, qui il est. On ne naît pas nu, on hérite d'une mémoire souterraine, on s'emmaillote d'une mythologie.

– Je vais mettre un vinyle et chercher la cafetière. Je reviens. »

Pause.

« Je ne vous aide pas beaucoup, ne vous facilite pas la tâche, n'est-ce pas ? Je ne suis pas douée pour raconter. Dans ma tête, les images ne défilent pas. Elles sont enfermées, gelées, dans un trou noir, en dehors de mon cerveau. Très loin des mots. Ce n'est pas mon genre de les faire dégouliner, les mots, il n'y a que la sueur qui peut inonder les joues, lorsque les dents se serrent. Je ne suis pas douée pour raconter. Parler, c'est remuer la boue, c'est accroître la plaie. J'ai toujours préféré m'enfouir, mettre un mouchoir sur la béance et tourner les talons à la misère. J'ai honte, vous savez. De mon passé, de cette enfance meurtrie, de cette adolescence abusée, de cette vie humiliée, de ces bleus au cœur. Les épreuves ne m'ont pas laissé le temps de m'apitoyer. Parler, c'est pécher, c'est pour ceux qui s'attardent sur la vanité de la vie. Parler, c'est se plaindre, c'est pour ceux qui peuvent respirer entre les coups. Parler, c'est pleurer, c'est pour ceux qui peuvent se faire consoler. »

Silence.

« Je ne suis pas douée... De tous ces petits matins aux paupières gonflées, de larmes lasses, quand s'épuise le corps, il ne reste que la honte, la honte d'avoir honte. On ne s'en relève jamais vraiment. Quand on trébuche sur chaque caillou de la rivière, on garde le dos courbe et le regard bas. On ferme les yeux, quand il fait noir, on ferme les yeux. Et on écoute le cri retenu du silence, le silence écrasé, le silence vide, qui ronge l'âme. On vit en apnée, on se crée un espace, un territoire oublieux entre le chagrin et la colère, où seule la musique console, la musique, les films, les livres. Les sons et les lettres retiennent, ils permettent de ne pas vaciller, ils sont l'espoir des pierres. »

Bruit de mouchoir.

« Je ne cherche pas à m'excuser. Mais je crois que c'est pour tout cela que je ne l'aime pas comme il le faudrait, Lulu. J'essaie, n'y arrive pas. Je n'arrive pas à accéder à la simplicité du bonheur d'aimer. »

Silence.

« Ne soyez pas trop dure avec vous-même.

– Je vois bien toutes ses qualités, sa persévérance, son application, son goût des mots, sa hauteur sur les gens, son regard sur la nature, son envie de changer le rapport au monde. J'aimerais tant pouvoir lui dire que je suis fière de lui. J'ai tellement peur que l'histoire se répète, comme une ritournelle, que je l'asphyxie de mes peines.

– Ça serait bien de le lui dire. Ne pas simplement lui donner le texte. Entendre, ce n'est pas lire, entendre la voix réchauffe le cœur.

– J'aimerais que ce soit vous. Je ne sais pas pourquoi. Que ça vienne d'un homme.

– Je ne suis qu'un passeur, de passage dans vos vies. Je ne voudrais pas qu'il projette quoi que ce soit sur moi. »

Silence.

« Vous avez envie d'ajouter quelque chose ?

– Il ne faut pas tout savoir, on ne peut pas tout savoir. L'essentiel n'est pas là. J'aimerais qu'il sache que, même fantomatique, l'amour est là, insoupçonnable, maladroit, mais là. Ça me fait mal, au fond, de l'imaginer sans cet amour. Il a grandi en passager clandestin, j'aimerais qu'il devienne le cap-hornier de son destin. »

Arrêt.

Voilà un bout de mon histoire, le récit du moment précis où j'ai laissé derrière moi mon enfance, sans me retourner, abandonné ce rôle trop étroit, lassé de tant d'immobilité. Voilà pourquoi j'en suis venu à jouer les alchimistes.

Vous aimeriez savoir ce qui se passe après, après mon départ ?

Cela m'appartient.

Je peux vous dire que je suis sorti de mon bocal, j'ai renoncé à tourner en rond, j'ai fait le grand saut, sans peur.

Lorsque l'on se cogne aux parois du monde, il faut savoir s'en extraire, avec avidité déployer les frontières. Et tant pis si on vexe le bocal, le blesse, le brise. C'est une question de survie. Il faut prendre ce risque-là. Le danger de l'inconnu, de l'ailleurs est à courir, même pour quelques instants. C'est une question de survie.

Ce qui se passe après n'appartient qu'à moi.

C'est ma vie, prise en main, ma vie qui s'envole, celle où j'apprends seul à devenir un homme. Ce voyage incertain prend beaucoup de temps, des vies entières, je me trompe souvent, me perds parfois.

Je garde quelques secrets. Je ne vais pas vous encombrer.

Mes obsessions, vous les connaissez déjà, elles sont restées. Ça ne change pas, ferveur et territoire sont à jamais arrimés en nous.

Je peux vous dire que j'ai revu Vincent, une fois, bien plus tard, au détour d'une rue.

Il ne me reconnaît pas.

Je l'invite à prendre une bière, puis deux et à la troisième il m'avoue, honteux, que pour la première fois de sa carrière, il a fait un pas de côté.

« Tu sais, il y a parfois des choses qui démangent, des pulsions irrépressibles, des curiosités à assouvir. Mais je te rassure, j'ai simplement pris l'info, rien de plus. »

Je comprends, immédiatement. Je le laisse s'engluer dans son repentir.

« J'ai googlisé ton père.

– Tu voulais vérifier les dires de maman ?

– Ce n'est pas à moi de mener cette enquête-là, c'est à toi, si tu veux, si un jour, si tu en ressens le besoin. Je ne peux pas te priver de cette recherche, ce sont tes pas.

– Tu n'es pas allé plus loin ?

– J'ai tenté, un prétexte, une excuse bidon, un alibi, ce n'est pas ce qui manque, un article sur la musique, un livre sur Gainsbourg, que sais-je. Le contacter, comme ça, juste pour voir. Par simple curiosité, sans rien dire, sans rien écrire, juste pour moi. Et puis non... »

Nous nous sommes quittés ainsi, après une embrassade marquée de larges paumes de mains contre les épaules.

Je n'ai pas envisagé cette quête, j'ai le monde à guérir avant mes souvenirs. La rencontre avec Vincent augure pourtant d'un autre coup du sort.

Tandis que je cherche, dans une ville lointaine, la salle du colloque sur la biologie expérimentale, je tombe sur un panneau d'affichage sauvage, un vieux poteau électrique en bois constellé d'agrafes rouillées. Est-ce une improbable chance, est-ce une inconsciente volonté, est-ce la puissance de là-haut qui me mène à passer devant elle, cette affiche, une affiche qui annonce un concert. La date aurait pu être dépassée ou trop lointaine, j'aurais pu ne pas la voir, ne pas venir dans cette rue, dans cette ville-là. J'aurais pu y voir une prédiction.

Naturellement, je déroule les jours, les étire, jusqu'à faire coïncider la durée de mon séjour avec cette date. Je n'y pense pas trop, pas plus que ça (enfin je m'y efforce).

Le lieu est moderne, un bâtiment néo-industriel qui abrite une petite scène derrière un hall vitré. Ils sont trois, trois ombres noires au milieu d'éclairages bleus, un projecteur christique, une lumière divine dans les brumes de néons.

J'ai du mal à le reconnaître par rapport aux photos (Vincent a illustré son livre avec le contenu de la vaste malle), sur son visage, les poils sont répartis différemment, moins sur le haut plus sur le bas. Le public parle beaucoup, leurs pieds suivent machinalement le rythme, ils battent le tempo et parlent en buvant. Je fais pareil (enfin j'essaie, la coordination ne fait pas partie de mes compétences). Je me demande toujours d'où viennent tous ces gens, où ils sont dans la journée. Il existe une vie nocturne indépendante de la vie diurne, un monde parallèle. Les oiseaux de jour ne croisent ceux de nuit que sur des cargos enfumés, loin des radars.

J'observe sa guitare. C'est une Telecaster, mythique paraît-il. Je regarde ses doigts qui glissent sur les cordes, ses mains, ses avant-bras. Il a un tatouage. Je ne le distingue pas bien, il forme des cercles, des courbes arrondies. Je joue aux sept erreurs (sachant que la plus importante, c'est moi).

La salle est désormais pleine. Il y a les habitués, les badauds, ceux qui viennent pour l'ambiance, qu'importe le son, qui poursuivent leurs conversations sans se soucier des morceaux, et les spectateurs qui chantent à bouche déployée à chaque refrain. Le volume des voix s'amplifie, les corps se bousculent, l'odeur de moiteur se mêle aux parfums, les haleines se réchauffent, les bouches se rapprochent des oreilles.

Il enchaîne les *covers* jusqu'à cette reprise de *Message in a Bottle*. Mes pieds se figent pendant que ceux des autres s'agitent. Une onde d'émotions me traverse. J'ai froid, j'ai chaud, je suis tétanisé, je jubile. Je ne sais plus si j'ai bien fait de venir. Cette chanson est un fantôme, un esprit invisible qui plane dans la salle. Cette chanson est un signe. Un signe que je n'interprète pas. On voit trop souvent des signes là où ils ne sont pas, il ne faut pas commettre l'erreur de leur attribuer un sens.

Ce qui se passe après n'appartient qu'à moi. Mais sachez que d'autres expériences viendront, d'autres rêves s'inventeront, des inventions naviguent dans les ondulations de mon esprit.

Je peux vous dévoiler une toute dernière chose : je n'ai pas vu mon ami Ferry, je suis arrivé trop tard.

Je n'ai pas voulu déménager sa collection, elle devait demeurer à ses côtés. D'abord, j'en ai fait don à la mairie de sa commune, avec un impératif : consacrer une phialethèque à son œuvre, à la vue de l'océan. Je crois qu'il s'agit d'un tacite serment que nous nous sommes fait, entre les lignes de notre correspondance. Une fois les travaux réalisés, j'ai organisé un jumelage entre cette ville et mon ancienne école. Désormais, les enfants vont tous les ans en voyage scolaire aux Pays-Bas, ils y visitent des galeries de bouteilles à la mer (avec plus ou moins d'intérêt). À l'entrée trône sa machine à écrire, au-dessus une plaque discrète en bois flotté sur laquelle figure mon nom et la dernière phrase de Ferry :

« Tu es porteur d'un candide espoir qu'il faudra toujours conserver, lui seul sauvera ton âme de la cruauté du monde. »

Et il se raconte que rituellement les maîtresses posent fièrement devant.

À l'étage se situent mes trésors, notre passion jointe dans un même lieu. Face à la mer, autour de neuf cents bouteilles, nous sommes finalement réunis. Ensemble, illuminés par la grâce de l'horizon qui déborde.

Désormais, cette collection appartient à l'oubli d'antan, endiguée à jamais par le *Piscis detritivore*.

Poisson d'un nouveau genre. À la constitution robuste, de la taille et de la forme d'un dauphin, pourvu d'un incommensurable système digestif, il se nourrit exclusivement de détritus. Il nettoie les mers de la pollution humaine, il rétablit l'équilibre salutaire.

Tout est là.

COMPOSITION ET MISE EN PAGES
NORD COMPO À VILLENEUVE-D'ASCQ

CET OUVRAGE A ÉTÉ ACHEVÉ D'IMPRIMER
SUR ROTO-PAGE
PAR L'IMPRIMERIE FLOCH À MAYENNE
EN MAI 2022

N° d'impression : 100482
Dépôt légal : août 2022
Imprimé en France